每一个日子都温暖如春

许辉／著

北京时代华文书局

图书在版编目（CIP）数据

每一个日子都温暖如春 / 许辉著. -- 北京 : 北京时代华文书局, 2017.9
ISBN 978-7-5699-1819-9

Ⅰ. 每… Ⅱ. ①许… Ⅲ. ①随笔—作品集—中国—当代 Ⅳ. ① I267.1

中国版本图书馆 CIP 数据核字 (2017) 第 231990 号

每一个日子都温暖如春
Mei Yi Ge Rizi Dou Wennuan Ru Chun

著　　者 | 许　辉

出 版 人 | 王训海
选题策划 | 高　磊
责任编辑 | 余　玲　于　倩
封面绘图 | 老　树
内文插图 | 赵向前
装帧设计 | 孙丽莉　段文辉
责任印制 | 刘　银　范玉洁

出版发行 | 北京时代华文书局 http://www.bjsdsj.com.cn
北京市东城区安定门外大街 136 号皇城国际大厦 A 座 8 楼
邮编：100011　电话：010 - 64267955　64267677
印　　刷 | 北京京都六环印刷厂　电话：010-89591957
（如发现印装质量问题，请与印刷厂联系调换）
开　　本 | 880mm×1230mm　1/32　印　　张 | 7　字　　数 | 148 千字
版　　次 | 2017 年 10 月第 1 版　印　　次 | 2018 年 3 月第 2 次印刷
书　　号 | ISBN 978-7-5699-1819-9
定　　价 | 46.00 元

序

这一年的春节和立春挨得较近。立春是民间普遍认同的春天的始点，春节就成为接近这一年春天的最后一场狂欢、最后一场聚会、最后一次大型亲友团聚，或春天以后的第一场狂欢、第一场聚会、第一次大型亲友团聚的日子了。

春节前的那些好日子都被婚礼的喜庆占为己有了。这样的所谓好日子，不外乎就是农历宜婚嫁又逢八见六，阳历逢八见六，又是双休或节假的日子。

婚礼定在当晚的六点十八分。为何要定在晚上而不是中午？据说定在晚上有如下依据：《诗经》里有“昏以为期，明星煌煌”等描写青年男女相约黄昏时的场景，因而后人将诗意演化为民俗，“婚”即黄昏之“昏”，古人“娶妻以昏时”就是指的黄昏，“姻”表示一种亲或爱的关系；因而婚姻的意思就是在黄昏那个时段结成亲爱的关系。也正是北宋欧阳修的词意：月上柳梢头，人约黄昏后。黄淮地区的婚礼原来都定在中午，而江淮地区都定在晚上。按理说黄淮地区是华夏文明规则的定制地区，古风应该更多保留才对，这里或许还有许多不为我知的风俗演化内容。

亲朋陆续到达，送上红包和祝福，尔后与新人合影留念。婚礼一定不会在六点十八分开始，往往会延迟到六点五十八分或七点十八分。婚礼结束后，婚宴开始，城市的婚宴总是有些草率，酒店菜上得快，客人喝了喜酒、拿了喜糖，很快就散了。农村婚宴的时间长，人们平时分散生活在各个村庄里，许多亲戚还来自邻县、邻省，见一面聚一次不那么容易，因此婚宴的时间就拖得长。农村以前还有流水席，考虑到人们路程远近不同，难得同时到达，农村的时间观念也不强，没法等人到齐，于是就开流水席，谁到谁上桌，谁吃好谁先走，菜流水一样地上，人流水一样地来来去去，从上午开到午夜，也算是因地制宜了。

婚宴散了后我连夜赶往乡下去。到了湖边我走不动了，因为有一轮月亮挂在半空，这是城中难得一见的风景。一方面城中的月亮常为雾霾隔挡，另一方面城里人已经失去“举头望明月”的兴致和习惯了，没有那个心境，也没有那个雅趣了。我靠近湖边下了车，静听湖水对砂石岸滩的拍打声，默认寒风在我脸上吹拂。正如英国诗人雪莱的诗意：冬天来了，春天还会远吗？现在我说，婚礼已经举办了，更多的喜事还会远吗？月亮已经升起来了，天亮的时刻还会远吗？我的心已经平静下来了，我的状态还会差吗？湖水已经现出波光了，湖里的鱼儿还能不快活吗？车票已经剪过了，开车的时刻还会远吗？地基已经打好了，大楼盖起来还不快吗？油已经下锅了，美食上桌还不快吗？时光已经流逝了，智慧还能不积累吗？

但我最想说的那句话是：春节就要到了，春天还会远吗？这是我这本《每一个日子都温暖如春》的唯一主题，我是认准了在盼望着春天的呀！

目录

一 ~ 春来之前

~

二 ~ 岁月流淌 春日温暖

三 ～ 让内心春暖花开

~

四 ～ 与我们同在的生命

~

五 ~ 看看山看看湖看看书

第一章 春来之前

渔人与渔人码头

春来之前却是渔人最忙的时节，因为一年的禁渔期从春天就开始了，到仲秋才陆续结束。为渔人留下的能够捕捞的日子，大都是天气寒冷的时光。这倒也合乎人类的生活规律，或人类的生活已经与自然的节律合拍了：水族在春天繁殖，夏天成长，秋天成熟，冬天成为人类节庆、休闲、增肥添膘的好食材。

寒冬腊月站在湖边的渔人码头看湖、看水，太阳暖暖地照在身上，使人流连忘返，不愿归去。由于有太阳的存在，因此风息天外，水波不兴，或大或小的渔船，飘在或远或近的湖面上，似乎在行驶，又似乎只是驻泊。湖心里渺然的小岛，仿佛起了一层氤氲，隐现若仙。码头旁由工商部门临时建立了一个水产品交易市场，湖里的鱼鲜一泊上码头，就被人抬到临时的市场里来，供给游人们选购。半斤以上的白丝是这里的贵族，能卖得上一个很好的价钱；而在淮河以北奉为上品的鲤鱼，在这里却卖不上价，大些的一斤两三元，大小一起买甚至能砍价到一块五一斤。这倒便宜了我们这些淮北人，傍晚时分到湖边渔市去转一圈，花上二三十元，就能用两三个大塑料袋提回家几十斤活蹦乱跳的大鲤鱼。我最喜欢吃提前用盐水略腌一腌的鱼块，因为已经用少量的盐腌过，鱼肉变得紧绷、鲜美，鱼刺也都分离出来了，吃起来特别过瘾。只有像鲤鱼这样的大鱼才能用这种做法，小的鱼，还有肉特别细致的鱼，并不能用这样的方式来制作。

我们看到的是渔人的收获和渔市的繁荣，看不到的是渔人的辛苦和忍耐。看看渔人的手，都粗糙坚硬。妇女们也是这样。买鱼的时候和他们聊一聊，多少都能探知一些鱼鲜背后的信息：渔人出湖打鱼大都在夜晚，湖面无遮无挡，寒风刺骨，冰点以下的天气，渔网出水就会结出冰来，这都是最困难的时候。

千百年来，渔人与码头已经成为一种人们向往的生活的象征，许多国家都有渔人码头，有些还十分著名。码头上通常停泊着具有各地特色的渔船，沿着码头面向大海或湖泊、河流，还有铺着石条的不长的弯曲的街道，渔市、店铺、酒店、咖啡店或茶铺、其他的娱乐场所成为这些不长的街道的主要内容。水岸的那个地方除了缆桩等停船的设施外，则常有石栏、石凳、木椅供人们倚靠远眺、凭栏遐想、小坐休憩。由于极具审美价值，渔人与渔人码头因此成为文学咏叹的魅力题材。

于是，北宋有一位词人净端作《渔家傲》道：

斗转星移天渐晓，蓦然听得鹈鹕叫，山寺钟声人浩浩。木鱼噪，渡船过岸行官道。

轻舟再奈长江讨，重添香饵为钩钓，钓得锦鳞船里跳。呵呵笑，思量天下渔家好。

这首词写的是渔人，即渔翁的生活。夜钓的生活独具魅力，似乎有与天地独对的心心相通。独钓不仅有人与鱼的排他性的对话，更有人与天地万物的排他性的对话。天亮后人声喧动，但只要有良好的心态，钓翁很快又能获得旷达的胸怀和充分的心理满足。

北宋又有词人曹组写《渔家傲》道：

水上落红时片片，江头雪絮飞缭乱。渺渺碧波天漾远。平沙暖，花风一阵萍香满。

晚来醉著无人唤，残阳已在青山半。睡觉只疑花改岸。抬头看，元来弱缆风吹断。

这种无拘无束、暮春花眠、横舟畅饮的渔人生涯，的确颇具闲适的快意。自然，这是中国道家式的闲适和快意：慵懒、自信、友善、与物天合。

渔人与码头构成了一种文学化的浪漫和想象的空间，勾起人无尽的期盼和向往。水面的渺远和神秘，渔获的难以预测、提前量化，明天的未知和不确定，都具备挑战因素、冲动因素和催情作用。而通过汗水即能获得上天赐予的果腹之物，这对天地万物都是平等的。对人而言，获取上天赐予之物是通过汗水和辛勤的劳作；对上天而言，既然生命已经付出了汗水和辛勤的劳作，赐予其食物和快乐正是对人类的最好奖赏。

老历书

现在看日期，大多用手机，手机上有万年历，随身携带，想找哪年就找哪年，一目了然，非常方便。再早几年，家里一般会挂挂历，或放台历，就是挂在墙上的历书或摆放在台子上的历书。需要查找日期，到挂历前观看，那一年的日期、节气、节假日、休息日、纪念日，都看得很清楚。历书是人们时常需要的，没有历书，会给人们的日常生活带来大麻烦，人们不知道当天是哪一天，也不知道十天以后是星期几，生活就会发生大混乱，人们相互之间也无法有所约定，整个社会也就无法正常运行下去了。

上世纪八十年代的历书是什么样的，许多人已经忘记了，还有许多人那时候还没出生。我手边有一本1984年以历书为主的图书，书名叫《农村年书》，这本书由人民出版社出版，看上去是一年出一本的。书的封面上印着“原名《东方红》”几个红字，说明这种一年一本的《农村年书》，原来是以《东方红》的书名出版的，《东方红》也就是更早些的年历书。

1984年的《农村年书》内容丰富，农耕文化的气氛十分浓厚，例如，读了《春天从哪一天开始》这篇文章，我们就知道我国阴历以正、二、三月为春季。许多人以为正月初一就是春天到来的第一天，其实不是，因为阴历是按月亮运动规律制定的历法，不能确切反映出季节变化，如果以正月初一为春天首日，那么这一春到下一春，平年间隔三百五十四天，闰年则要间隔三百八十四天，一下子相差三十天，这显然是不合适的。所以我国民间一般以立春、立夏、立秋、立冬四个节气来划分四季，人们认为春天从立春这天开始，这虽然不十分“科学”，但基本反映了黄河中下游地区长期的气候状况。天文学上的四季则以春分、秋分、立夏、立冬四个节气来划分，春天是从春分这一天开始的。气象学上把五天定为一“候”，根据候的平均气温高低来划分四季，这是气象学上的四季。

节气与农事歌是那个年代此类图书的常客，1984年的节气与农事歌如此这般道：

一月小寒接大寒，秧歌锣鼓贺新年。
二月立春和雨水，勤搭粪土早耘田。
三月惊蛰又春分，早晚送肥牛耕田。
清明谷雨四月天，耩完高粱种谷棉。
五月立夏望小满，黍稷玉米不算晚。
芒种夏至到六月，割麦插秧不宜慢。
七月小暑大暑临，种完番薯紧修棉。
九月白露又秋分，种上麦子修稻田。

十月寒露霜降到，花生番薯也收完。

立冬小雪天渐冷，响应号召售粮棉。

大雪过后立冬到，整理副业搞生产。

这大概是以古代黄河中下游、江淮中下游地区气候为基础的气象与农事，当然，玉米、番薯是明清以来引入的。这本《农村年书》说，我国幅员辽阔，北自黑龙江的漠河，南到南海中的南沙群岛，共约五千五百多公里，气候有很大的差异，爱辉（黑河）以北全年没有夏季，小暑、大暑等节气在这些地区没有任何意义；福州以南全年没有冬季，小雪、大雪等节气在这些地区也很难体会得到。

1984年的《农村年书》，又有一篇谈到“冬雨暖，春雨寒”的气象谚语。文章说，由于冬天太阳高度低，入射角小，射到地面的阳光少，气温基本靠地面热力维持，如果晴天无云，热量就散发得快，天气就变冷；如果有阴雨，热量散得慢，反而比较暖和；而春天则相反，春天太阳北移，入射角度增大，地面上得到的阳光增加，如果春天出现阴雨天，阳光被挡，再加上空气潮湿，易吸收热量，气温就会降低，人们就感觉比较寒冷。

这本《农村年历》内容十分丰富，除了上述农业文化知识及挂历、台历、电子万年历都有的公历、农历表和节气、节假日外，还有许多日常生活知识、世界奇闻趣事、道德文化故事以及科学卫生知识等等。该书定价0.70元，印数虽然没有标明，但想来少则几十万、多则上百万的发行量，大概是没有问题的吧。

小镇上的北方大馍

小镇上有一家卖大馍的，号称北方老面大馍。每天傍晚4点左右，就会有一前一后两个卖大馍的，相隔大约一个小时，小喇叭叫着，一路从镇里的方向吆喝过来，绕着湖畔的村庄吆喝一圈，再慢慢消失在远处。两个卖大馍的吆喝得不一样，一个吆喝“卖大馍喽，卖大馍喽”，声音较短促，声调较低，估计是当地人；另一个吆喝“北方大馍，北方大馍”，招牌亮得清清楚楚，言明自己是北方的大馍，声音高亢、响亮、悠长，很有穿透力。我听到他们一前一后的吆喝声，总是情不自禁地想，这俩卖大馍的，他们一定是竞争关系，因为这地方不太大，有两个大馍铺子，自然会有竞争。

大馍是江淮之间一些地区的叫法，黄河以北叫馒头，淮河流域的许多地方叫馍。北京二十年前的馒头比面包都好吃，上世纪九十年代初有一段时间，我住在北京石油研究院的大院里，大院食堂里的馒头是我的最爱，买回来一顿吃不完没关系，放放更好吃。凉馒头吃起来，根本不用找菜下，比面包都好吃。但十年以后，我在北京就再没吃过那么好吃的馒头了，可能是外地人去多了，蒸馒头的厨师也多改为外地人了，原有的那种手艺改变了，馒头就不是老式的味道了。

淮河流域许多地方把馒头叫馍。以前都住在大院平房里，出门见面，相互打招呼，都会问到饮食，那时代吃饱是最重要的事，吃好就是锦上添花了。出门碰见邻居，相互打招呼："吃过了呗？"疑问句。"吃过了，恁可吃来？""俺也吃过了。""恁吃的啥？""俺吃的馍。"又反问一句："恁吃的啥？""俺吃的干饭。"干饭就是米饭，食物匮乏的年代，按照"忙时多吃，闲时少吃，忙时吃干，闲时吃稀"的原则，闲的时候不出体力，吃的稀一点没有关系，忙的时候人要出体力，就得多吃点实在的，吃点干货，才撑得住。稀和干其实也是对物质形态的直观描述，锅里少放米多加水，就是稀饭；多放米少加水，饭就变得较干，就是干饭。因此所有语词都有其源流。

淮河流域把馒头叫馍，但不叫大馍，叫大馍的是江淮的某些地区，比如合肥地区，都把馒头叫大馍。把馍称为大馍，馍加上一个修饰词"大"，展示的是一种状态和心态。状态是这馍实际上比较大，不像人家的馍那么小；心态是怕人家认为不够大，需要主动表述、推荐一下。这种心态大概也是古风遗传，集体意识，或曰"文化自信心不足"。因为淮河以南地区两汉前都不是文化核心区（即正统文化代表区域），命名权、话语权、文化主导权都在黄淮地区，因此为了表白自己，就要主动展示一下，引导他人认可。所有语词或者都有其源流。

卖北方大馍的那一家，是河北邯郸人，年轻的夫妻俩，三十来岁，带一儿一女两个孩子，再加上孩子爷爷，一家五口人，租住在小镇街

边一栋楼房的一楼门面房内。门面房上下两层，但上下均只有一间，上面的一间年轻夫妻带着孩子住，下面一间加厨房，白天做工作间，晚上孩子爷爷打开折叠床当卧室。

这一家人不远千里来小镇专门蒸馒头卖，不知是何因缘。我去买馍时也旁敲侧击地问过一回，并没有得到明白的回答。也许在他们那里，这本就明明白白，不是一件需要特别梳理清楚的事情。这家人看去都是安安稳稳过日子的人，年轻男子个子不高、不壮，清清秀秀的，却能干，蒸笼上屉他都是主力。夏天第一笼馒头出笼大约上午10点，最后一笼出笼大约下午3点；冬天面发得慢，第一笼馒头出笼大约12点，最后一笼出笼也是3点左右。忙完蒸馒头的事，他就骑上电动三轮车，沿湖到村，小喇叭吆喝着，去卖馒头了。或许在小镇上住得久了，他录音的吆喝也入乡随俗，是“北方大馍，北方大馍”，高亢有力，而不是“北方馒头，北方馒头”。

年轻男子出去卖大馍，爷爷就在门前收拾笼屉之类。年轻的女人一贯都是留在家里的。她有些健美，也就是健康的美，个子比她家男人高，一说话就笑容满面。她一年四季都穿黑色网眼裤，夏天是为了让人觉得她瘦一些，但冬天难道不觉得寒冷？她的两个孩子，大的大约八九岁，小的大约六七岁。5点左右孩子们陆续放学回来，在家里做作业，这时就不断会有镇上的人来买大馍，多的买三五个，少的就买一两个。我看到了觉得奇怪，就问年轻的女人，怎么还有买一两个的？年轻女人告诉我，当地人吃大馍就是图个省事，晚上老年人不想做饭了，出来走一走，顺带买个大馍，晚饭就对付了。

我是淮北人，来买馍时，经常一买就是二十块钱的，大馍五毛钱一个，一块钱两个，二十块钱四十个，得用好几个大食品袋才装得下，这似乎让年轻的女人觉得有了北方知音，因此每次我来买大馍，她都会多加一个在里面，并且告诉我多加了一个。她家的大馍，虽然不能让我找到二十年前北京馒头的感觉，但在这一地区，却也是我吃过的最好吃的大馍，因此百吃不厌。我问她原因，她说："这是老面馒头。"意思是用老面（酵母）发出来的，所以好吃。接着她又补充道，"用的面也不一样，咱这用的面筋道。"

她的话我很认同，也很明白。淮河以南地区本来就不是小麦主产区，因而也就不是小麦主消费区。由北而南，这里逐渐向稻作区过渡，到了江南就更是水稻的天下了，所以当地人拿手和习惯的不是面食，而是米食。平常我们吃的面粉，看起来一样，但其实有很大的不同，面粉大约有高筋面粉、中筋面粉、低筋面粉之分，高筋面粉拉力大，做大馍，特别是做拉面，得用高筋面粉才行，中筋面粉可以做一般的面条、面片、面鱼，而低筋面粉就只能去做饼干了。

别看这个小小的大馍店，除却房租，至少还能养活这一家五口，他们还有多少余钱能带回老家，那就猜不出来了。年轻女人曾经带着自豪自信地告诉我，她家的大馍除了小镇和沿湖的村庄外，还卖到十几公里外的那一片企业去了，那里的工人可能有不少北方人，一买都是几十几十的。怪不得她家的大馍能在这里生存下去呢，至少她家的北方大馍，应该比那个"卖大馍喽，卖大馍喽"的当地大馍卖得好吧？

去年腊月十七或十八，我去"北方老面大馍"店买大馍，这一家人都在，他们就告诉我他们腊月二十要回老家过年了。我问：“怎么回去？”他们说：“开面包车回去。”我说：“那得多长时间？”年轻男子说二十多个小时就到了。他们走了，大馍店关了门，有时候想吃北方大馍了，经过时还真有点盼望呢。今年的腊月十七或十八，碰巧我又去小店买大馍，又说起回老家过年的事，年轻女人告诉我，她家本来打算腊月二十回老家的，但是小镇派出所、政府都订了大馍，小镇上还有不少人要订年馍，那边企业都订了大馍，所以他们只得推迟一两天再回去。

像候鸟一样，腊月二十左右这一家人回河北老家了，正月十五以后，春天来了，他们一家又开二十多小时的车回到江淮之间这个水边的南方小镇，一年的营生周而复始地又开始了。春天有时候见到他们，夏天有时候见到他们，秋天有时候见到他们，冬天有时候见到他们，似乎很平常，日子就这么波澜不惊地过去了。有时候买了大馍离开，心里有点觉得他们的日子就这么单调地过去了？又有时候傍晚在小镇十字路口的露天小市场，看见这家年轻的女人穿着黑色的网眼裤跟着孩子买油饼和烤串，在那里快快乐乐地吃，又觉得他们的生活虽然在别人看起来有些单调，但他人的乐趣别人怎么能完全参透？

春天到来时遍地野草会绿绿地长起来，春天到来时遍地野花也会打苞，陆续地开起来。我突然想起这一家也有无伤大雅的狡黠的时候呢，秋天有一个傍晚，我开车在沿湖的大堤上，以时速5公里的速度兜着风，经过离小镇较远的一个村庄时，我听见了那熟悉的高亢有穿透力的小喇叭声——“北方大馍，北方大馍”，不消说，这是那家年轻男子的吆喝声。经过停在村边正在卖大馍的电动三轮车，透过车窗看去，果然是那家的年轻男子。当我沿湖悠然返回，逐渐接近离小镇很近的一个小渔村时，我又听见了另一个熟悉的小喇叭的吆喝声：“卖大馍喽，卖大馍喽。”我听了好几年的这个吆喝声，却还从来没机会一睹卖馍人的真容呢。我十分好奇地慢慢靠近那个停在村口的电动三轮车，一刹那间，我的眼镜几乎都惊掉了，原来那个卖馍人，是“北方老面大馍”店里的那位爷爷。他们爷儿俩制造的这个善意的“假”竞争，一定还迷糊了不少人呢。

我不得不承认，智慧都是生在民间的。

从此雪消风自软

正月里的许多日子在民间都有讲究，比如初五这天是财神日，据说家家都会在这一天迎财神。但到底怎么迎，许多城里人就都不知道了，只知道在微信或微博里转发以财神为题材的老年画，还有动画迎财神的，只要点开画面，就会有啷啷当当的大量财宝抖落下来。

今年正月初七是阳历的二月三日，这一天竟是立春日。这个立春日来得似乎有点出乎我的意料。虽然我天天盼春，却没想到立春这一天来得这么快。初五去朋友家小聚怡情，初六又去朋友家小赌养性，不觉间立春日就到了。按照民间习俗，初七一定要吃面条，如此才能拴牢腿脚，一年都乱不了脚步。立春日更有许多讲究：北方吃春饼，南方吃春卷，又要吃饺子，还要吃萝卜，意为吃春或啃春，以此迎接春天的到来。

泥牛鞭散六街尘，生菜挑来叶叶春。

从此雪消风自软，梅花合让柳条新。

（南宋·王镃《立春》）

“从此雪消风自软”，最得意境，最为传神。鞭打草泥做成的假牛，打得越散越好，劝勤促耕，表示春耕春作的时光到了，人勤春早，又一个忙碌的季节就要开始了。挑拣生鲜蔬菜，做成春盘，以示迎春。蔬菜以壮阳植物韭菜为多，又有芹菜，还有辛辣蔬菜葱、萝卜、蒿子等等，都是有特殊气味的蔬菜，因此春盘也叫辛盘。生食均十分有利于人体养生与健康。

辛弃疾也有立春之作，叫《汉宫春·立春日》：

春已归来，看美人头上，袅袅春幡。无端风雨，未肯收尽余寒。年时燕子，料今宵梦到西园，浑未办黄柑荐酒，更传青韭堆盘。

却笑东风从此，便熏梅染柳，更没些闲，闲时又来镜里，转变朱颜。清愁不断，问何人会解连环？生怕见花开花落，朝来塞雁先还。

辛词高明之处，在于他总自觉或不自觉地将自然现象转移到生活、人生、心境和社会中来，因而他的词境就总归要丰富而广阔了。

翻开唐诗宋词元曲，寻找立春的诗词，这才发现盼春和期春古已有之，数量亦繁，并非我一个人对立春、对春天充满期待。多样的春俗也是从那时候就陆续传将下来的。

律回岁晚冰霜少，春到人间草木知。
便觉眼前生意满，东风吹水绿参差。

（南宋·张轼《立春偶成》）

大地返春，阳气暗动，草木先知，生气满目。张轼写的这个立春，是农历这一年的第二个立春，因此下一年的立春，应该在这个农历年的腊月里。从公历上看，下一年的春节，应该在二月立春日以后。这和我此刻生活着的这个丁酉年倒是巧合的。今年这个农历年，也包含了两个立春，一个立春就是今日，农历正月初七、公历2月3日；下一个立春，则在农历腊月十九，即公历2018年2月4日。

但以立春为春天的起始，只是民间的约定俗成，并不是气象学意义上的春天，也不是天文学意义上的春天，所以虽然春意萌动，但春气尚弱，气温还低，黄淮流域仍有一些地方残冰未消，春寒料峭。

一二三四五六七，万木生芽是今日。
远天归雁拂云飞，近水游鱼迸冰出。
（唐·罗隐《京中正月七日立春》）

这又是正月初七立春，只是不知唐代是否有吃面条拴脚拴腿的习俗。

过了立春，正如王镃所言，“从此雪消风自软”，春气已立，春意会愈来愈浓，直到浓得拨不去、化不开。

春水春池满，春时春草生。
春人饮春酒，春鸟弄春声。
（无名氏《春水》）

一地的春，满园的春，盈心的春，全视角的春。

春天来了，真真是令人兴奋、欣喜啊！

纯净的日子让人心动

正月十五元宵节这天，一些文化界的朋友聚在一个图书城里谈春节的记忆、各地的方言、春节期间的饮食以及各地的年俗，这真是极有意思的。谈过了再去品一品仍在年节中的美食，特别是汤圆，对过年和元宵节的感受，就愈益加深了一成。

关注正月十五元宵节，有一前一后两个时段。一个阶段是知天命以后，慢慢地，就对自身文化中的这些传统节日有了越来越多的兴趣，因为到了这个阶段，人们逐渐不能、也有条件不再主要依靠体力和精力等硬实力面对世界，而会更多地依靠智力、智慧这些软实力。这些传统的民风民俗，正是一种日积月累的智慧结晶，是一种软实力的展现。

另一个时段是少年时期。那时候没有这么多有趣的电子产品，到了元宵节，对孩子们而言，最大的乐趣就是点灯笼。一种灯笼是面蒸的，用绿豆面或其他杂粮面捏成四周有沿、中间凹陷的面灯，里面倒上香油（就是芝麻油），再放上一根棉线搓成的灯芯，一个面灯就做好了。孩子们天黑后捧着面灯，都到街上去，一边走，一边还可以吃那个面灯，等油点完了，有的孩子面灯也吃得差不多只剩个底了，再玩一会儿就能回家了。条件好些的孩子，大人会买一个红纸糊成的灯笼或亲自糊一个灯笼给他（她），孩子们早早就盼着天黑，等天黑后小伙伴们一定会结伴到院里去，到街上去，没有一个孩子会拎着灯笼在自家屋里玩的，那就没意思了，只有结伴提着灯笼或捧着面灯聚集到街上去才像那么回事。那时候街灯不够亮，很昏黄，提红纸灯笼和捧面灯的孩子都在街上，于是一街一巷都是走动的灯光，现在想起来还十分感人。提红纸灯笼的小孩子走在街上，有时候会有一些年岁稍大些的坏男孩，专做坏事的那种，突然跑到提红纸灯笼的小男孩跟前说："你看你这灯底下咋有个蝎子来？"小男孩没经过这种事，赶紧把灯笼翻过来看，这一看不要紧，红纸糊成的灯笼一眨眼就被里面的蜡烛点燃起来，小男孩心痛得哇哇大哭，年岁稍大些的坏男孩早欢天喜地地跑得没影儿了。元宵节给孩子们带来了太多太多的期盼和享受。

这个元宵节的晚上，天清气爽，月明星稀，城市和乡村似乎许久不见这样一种纯净的心境了，纯净得让人心动。深夜，离开一天的热闹，两人慢慢开车到郊外的湖边去。湖边竟然还有夜游的车、夜游的人，还有零星的烟花冲上云霄，烟花散去后，一切又归于月明星稀的淡静。立春过去不到十天，但夜风早已有了浓浓的"从此雪消风自软"的意味，看来，古人对春意的细密观察，可不是闹着玩儿的，他们是有真本事的。湖畔的春月似乎更明更白、更大更圆些。此时，也更容易想起几百上千年前，那些聪慧的古人的所思所想：

寒山吹笛唤春归，迁客相看泪满衣。
洞庭一夜无穷雁，不待天明尽北飞。

（唐·李益《春夜闻笛》）

呵呵，这是怎样的一种思乡情、游子意、春归图呀！

没想到，笛声竟是唐朝春临时催情的象征。或笛声成为春临时催情的意象，竟是唐朝诗人们相互传染的结果？李白也有笛声催情的诗句：

谁家玉笛暗飞声，散入春风满洛城。
此夜曲中闻折柳，何人不起故园情。

（唐·李白《春夜洛城闻笛》）

李白的许多诗句都是我的最爱。“抽刀断水水更流，举杯消愁愁更愁”，还有第二个人能写出这种愁来吗？“仰天大笑出门去，我辈岂是蓬蒿人”，还有第二个人有这种不知遮掩的张狂吗？虽然我做不来，但骨子里我倒偏就喜欢他这种性格！“两岸青山相对出，孤帆一片日边来”，说的还不是唯我独尊、唯我独在、唯我独享、唯我独占、唯我独霸、唯我独有？！但这种“唯我独”的句式，并没有排他性，也不是零和游戏。我可以独占、独享、独霸，所有的他人也都可以独占、独享、独霸，这是一种共赢、多赢的心态，但前提是必须有能力、有资格、有修为、有条件、有智慧去享用、去占有、去称霸。“相看两不厌，唯有敬亭山”，忧郁时、恬淡时、看透时、知天命或耳顺时都能这么优雅，真是让我敬佩了！

崇敬一个人，会有多种原因，有时候是崇敬他的才华，有时候是崇敬他的多种才华，有时候是因为某种地理的缘分，有时候是由于相同或相似的价值观，有时候是由于一种人生的阶段，有时候是因为一种特别的心情，有时候或只是爱慕一种浪漫或豪华、朴实或稚拙。

让我们至少在胸中，收藏一种不容玷污的迎春之气和敬慕之心吧！

在寒冬阴晦的日子读读书

软草平莎过雨新，轻沙走马路无尘。何时收拾耦耕身？

日暖桑麻光似泼，风来蒿艾气如熏。使君元是此中人。

（苏轼《浣溪沙·徐门石潭谢雨道上作五首之五》）

读这首词时，正是一个寒冬阴晦的日子。出，阴冷出不去；坐，又似乎坐不下来，一心总想着门外春色铺地、暖日煦照的情景、感受和状态。读了苏轼这首词，我发现我周边的情境完全改变了。现在，我所处的房间逐渐变得暖和起来。我的身体开始暖了，我的四肢接着暖了，我的内心也开始暖了。人暖和了，感受周边的事物就不一样了，完全不一样了。心情也完全不一样了，善意缓缓苏醒过来，心态也渐渐变得和蔼可亲了，对事物充满了理解和感激。虽然仍能听到寒风在窗外游走、呼啸的声音，但我能够发现那是被门和窗隔绝在另一个世界里的现象，我明白那是与我虽仅咫尺之距，但却不能对我有所侵犯的势力。苏轼在徐州野外的时光真是好的，他能够祈雨而得雨也真是好的，怪不得他有这么好的心情在去谢雨的路上就连写了五首快意的吟咏呢！于是我一口气又连读了苏轼这组词中的另外两首。

旋抹红妆看使君，三三五五棘篱门，相排踏破茜萝裙。
老幼扶携收麦社，乌鸢翔舞赛神村，道逢醉叟卧黄昏。
（苏轼《浣溪沙 · 徐门石潭谢雨道上作五首之二》）

麻叶层层苘叶光，谁家煮茧一村香？隔邻娇语络丝娘。
垂白杖藜抬醉眼，捋青捣麨软饥肠，问言豆叶几时黄？
（苏轼《浣溪沙 · 徐门石潭谢雨道上作五首之三》）

现在，我周围的景物彻底更换一新了。我看见我座椅旁边摆放着那些久已不见的农具和工具。我左手边放着木工用的刨子和锯子；右手边放着犁、耙；面前放着耩子和赶牛用的大粗鞭；墙上挂着篾箩；电视柜旁边斜倚着几袋大豆种和麻籽；一株酒瓶兰附近放着一副剃头挑子，挑子里竹篾外壳的暖水瓶还冒着袅袅的热气；餐桌旁边停着一辆笨重的牛车，牛车上残存着几根干黄的麦秆和豆叶；门外一个男人打着号子喝着牛下地了，听声音他和牛正在慢慢地走远、走远；麦秸垛是堆在阳台靠里的部位的，那里风雨较少，麦秸不会因下雨而霉烂；我突然看见孩子们常玩的琉璃蛋躺在一个椅子腿的暗影里，怪不得孩子们总也找不着；墙上的画框里，一棵大柳树的树叶在迎风摆动，割草的小芹靠在大柳树上，拿白汗巾擦着红扑扑的脸上冒出来的细密的香汗；房梁上用一根苘绳吊着一个大竹篮（那是防止猫和小孩子偷吃才如此这般的），竹篮里一定放着喷香的死面饼和中午吃剩下的茄子丝，茄子丝猪油放得很多，一家人吃撑了还想吃。恍然而醒，一个短暂而又香甜的休憩之后，农具们又开始劳作起来。犁大致沿着一条直线耕翻了土地；耙一起一伏地把耕翻过来的土地耙平；耩子把豆种耩入地下；一个敞开小袄前怀的男人，一手扶耩子，一手攥着夹了茄子丝的死面饼香喷喷地吃，一面赤着双脚跟着耩子往前走去。我闻得到土地耕翻过来后的那股泥香气，闻得到一股桑叶嫩发的稚青气，闻得到雨过天晴的清新气味，闻得到路边艾蒿正在挥发着别致的体香，闻得到莎草拔杆的那种撩拨味儿，闻得到暖春万物混合成的一股带微腥的催情气味，我的身体不由得舒展开来，这真是一种心灵按摩的快乐的状态。

可是我不小心碰落了茶几上的图书，“苏轼”轻轻地掉落在铺着拉花地毯的地上，我睁开惺忪的睡眼，眼看着苏轼走进书页之中，书页慢慢地合上了。

在暖阳中嗅到文字的气息

上午还是晴天。我傍着细纹皱皱的湖水走了两三个小时，为的是在湖岸上发现哪怕一朵盼春心切而开放的野花，但是没有，一朵也没有见到。我坐在暖洋洋的湖岸上晒太阳，身上和心里的感觉，就好像春天已经到了，无须再去考虑冬天的事情了。在暖阳的催情下，我坐在湖岸上不一会儿就顺畅快意地写完一篇已经打好腹稿的文章。暖阳中的感受直接融入文字之中，我仿佛能够嗅到文字中那股按捺不住的春香气。

可是到了傍晚天气突然变得潮湿浓重了，而且越来越潮湿浓重。这是春节前将要下雪的节奏吗？我的心情也滞厚起来，回屋站在窗口望向浑然一体的湖天，这也正是中唐诗人白居易在此番天气状况下的心情吧？

绿蚁新醅酒，红泥小火炉。
晚来天欲雪，能饮一杯无？

（《问刘十九》）

酒要新酿的，小火炉是红泥的，天气要欲雪的，朋友则要知我的。酒宜燃情，红泥小火炉宜赏玩，欲雪或下雪的天气制造了一个封闭安然的环境，友人则架起了与社会相通的桥梁。人生的几大满足，白居易都占了去。

气候能够创造历史，气候也能创造文学。没有傍晚的欲雪，就串联不起新酒、朋友和红泥小火炉。自然，没有春风的浩荡，也催生不了浩然的胸襟。

离离原上草，一岁一枯荣。
野火烧不尽，春风吹又生。
远芳侵古道，晴翠接荒城。
又送王孙去，萋萋满别情。
（白居易《赋得古原草送别》）

离山荇草，春近荒远。正由于有了白居易春风浩荡间的咏叹，或者，正由于春风浩荡而催生了白居易的咏叹，濉水畔的符离，才有了一条坚实的文学筋脉。春光宜人，气象暖胸，诗人兴致昂扬，自然是灵感闪现的好时光。

孤山寺北贾亭西，水面初平云脚低。
几处早莺争暖树，谁家新燕啄春泥。

乱花渐欲迷人眼，浅草才能没马蹄。
最爱湖东行不足，绿杨阴里白沙堤。

（白居易《钱塘湖春行》）

这样欢畅淋漓的表达，这样不一般的愉悦，这样轻捷的行走，这样诗性的发现，还不都是春气逼人、春阳普惠的红利？

春且来、且驻、且游走、且翻飞、且无孔不入、且浩荡无涯、且走马灯般带来惊喜无数、且渔舟唱晚般洒下诗情画意无数、且侵入寻常百姓卿卿我我的床头、且催生繁花似锦原野一片绚丽多彩的湖边滩头。

春且来、且驻、且游走……

二

岁月流淌　春日温暖

既然已有一片闹市，就留一片净土

冬雪压枝，素花盛开，常是枇杷冬开的鲜明写照。如果下雪的话，我家楼顶园子里的枇杷树上会积满白雪，把开着花的枝条都压得弯下去，弯下去，再弯下去，几乎要贴近下面的雪里蕻了。枇杷的枝条比较柔软，而不是硬脆，所以雪一般不会把枝条压断。但这时还是得赶紧把枇杷树上的雪都轻轻地摇落，不然的话，这些被压弯的枝条就会被塑造成弯曲的形状，会一直比较低矮地往下垂，就很难恢复原状了。

冬雪后我总会第一时间打开通往园子的大门，走到园子里，去清理雨篷和果树上的积雪。有的年份积雪很厚，让人很担心雨篷会被压塌，果树的树枝会被压断。积雪的清理告一段落之后，我又会站在枇杷树旁，欣赏枇杷树正在盛开的略带苦味的花朵。植物的审美真是一件复杂的事情。枇杷不是花朵艳人、香气袭人的，但却暗合了人们在严酷的环境中奋然绽放的向盛心境，这正是人们赋予它的人格品质。

与植物的关系既成为人们心灵的补充和寄托，也成为文学作品吟咏的主题。北宋的苏轼曾有词《蝶恋花·春景》道：

花褪残红青杏小。燕子飞时，绿水人家绕。枝上柳棉吹又少，天涯何处无芳草。

墙里秋千墙外道。墙外行人，墙里佳人笑。笑渐不闻声渐悄，多情却被无情恼。

上阕着重植物、动物、风景，下阕就会写人，写人的状态，写人的心境。一墙之隔，宛如天地，墙外行人急、忙、早，墙内佳人欢、乐、笑。虽说“天涯何处无芳草”，但“多情总被无情恼”，墙外本是人行道，墙内逍遥又何扰？人比人，气死人，有时候这成为社会议题，有时候却又只是一种生活方式。心境好时，这是生活的欢笑，心境恼时，这或成讽刺或成暗嘲。

但植物、动物、田园，常会唤醒我们沉睡的记忆，多会带给我们轻松、欢快和抚慰。就像辛弃疾在《西江月·夜行黄沙道中》所言：

明月别枝惊鹊，清风半夜鸣蝉。稻花香里说丰年，听取蛙声一片。

七八个星天外，两三点雨山前。旧时茅店社林边，路转溪桥忽见。

这并非逃避，而是悠然，是生活的寻找、生活的艺术。既然已有一片闹市，那就再留一片净土罢！

春天前的所有时光都是铺垫

春天来临之前还有许多时日能够“挥霍”，这是把春天的来临当成唯一尺度来期待的标准，似乎只有春天才繁花似锦，只有春天才百花盛开，只有春天才百鸟争鸣，只有春天才天清气爽。但无论怎样，在中国人的心目中，春天是从立春的那一天才开始的，春天前的所有时光，都只是春天的铺垫和前传。

北宋词人晏殊作《浣溪沙》道：

一曲新词酒一杯，去年天气旧亭台。夕阳西下几时回？

无可奈何花落去，似曾相识燕归来。小园香径独徘徊。

春天总是让人期待、令人怀想、使人憧憬的。但春天真的有那么好？那么美？那么令人振奋、欣喜？那么鸡汤般营养丰富？不见得。春天也有伤神、黯然、平淡、无可奈何、独自徘徊、夕阳西下和泪湿春衫：

去年元夜时，花市灯如昼。月上柳梢头，人约黄昏后。

今年元夜时，月与灯依旧。不见去年人，泪湿春衫袖。

（北宋·欧阳修《生查子》）

可即便如此，春天是依然、仍然、必然让人指望、令人怀想、叫人期待、使人兴奋、催人奋进的。因为春天里既能咏新词，也能花市灯如昼；既有月上柳梢头，还能人约黄昏后。春天的激情已经进入我们的血液，春天的亢奋已经成为我们每年一次的韵律，春天的呼唤已经叠加成我们炯炯有神的目光，春天的脚步在我们听来，一定是铿锵有力、催人冲动的！

于是，不由自主地，我们总是在冬天里如此规划春天、如此憧憬春色的。在冬天期待春天，成为我们寒冬腊月里心中最明丽的一道风景。

幸福就是能够心宽意懒地晒太阳

多日无暇关注春风，春风真的已经浩荡了！这一日听得门窗响动，开始没有注意，但门窗的响似乎越来越止不住了似的，引得我不由得开门到阳台上去看。原来是春阳暖日里的大风，把世间万物——包括门窗——都一并吹得动摇不止了。我紧着穿上衣服，走到室外去，走到有公路和田园的地方去。我边走边看，春风真是极其浩荡的！她不管不顾地挥霍着她的活力，不管不顾地奔过湖面、树木、油菜地、枯草半伏的小山、刚通车不久的黑乎乎的油路、土丘推平的工地、波纹细密的池塘和正在搬迁的村庄。春风真是不管不顾的，这倒正是春风的泼辣和主动。人们都不烦她，不但不烦她，相反人们倒都喜欢她、盼望她、拥抱她、亲吻她、在她的合围中冲动、兴奋、呼喊、放纵并醉态万端。红叶石楠已经蹿出了众多新芽，大树在大风里使劲摇摆，越是大的树，越是大的风，树的摇摆幅度就越大；定睛在远处看田原里一排排、一棵棵大树与春风相执拗，看看它们各自的那股韧劲，真是一种从未见过的大较量，看时真是连呼过瘾！过瘾！！过瘾！！！

路边行走的一个人已经敞开了衣怀，看来他走得热了，这正是春天的个性符号。野斑鸠从灌木丛中艰难地起飞了、起飞了，它们顶着风硬是要起飞，它们终于起飞了、起飞了，了不起呀、了不起呀！野斑鸠，我不禁大声为它们叫好！一个村庄静悄悄的，不知是已经空无一人，还是已经人去村空。另一个村庄则显得温馨，三五个穿红着绿的中年妇女和老年妇女在门前空地上晒太阳，做杂务；太阳对人体是极好的，如果适度晒晒太阳的话那是极好的；如果有晒晒太阳的心情那是极好的；如果不为他事烦心而能享受适度晒晒太阳的待遇那是极好极好的！晒太阳可以是零成本的事情，也可以是高成本的事情：能够心宽意懒地晒上春天的太阳那就是令人羡慕的零成本，而连零成本晒太阳的权利都享受不到，那人生的成本可就高了去了，那人的这一生可就真是糟蹋掉了。又一个村庄正在拆迁，两个沉默的男人从碎砖烂瓦里挑拣出一些有用的杂物，然后肩挑手提着，默默地向一座面阳的小山上走去，把让人略感心酸的背影留给我，留给大千世界，留给昨天、今天、明天。拆迁的村庄里倒有两位青年技术人员，趁午休时间提着鱼竿鱼篓到荒废的池塘里钓鱼，他们精力真好，也不趁这个空当儿眯上一觉，年轻就是好、就是好，年轻啥事做不出来！黑乎乎的油路边，两位等车的女人被晒得暖洋洋的。一位戴黄色安全帽的工人从路边走过，走向正在拆迁的村庄旁边的一个工地。油路上开过的一辆电动三轮车上，一个女孩正龇牙咧嘴地玩自拍。春风真的很大很大！湖浪都被她掀起来了，掀得老高老高，几乎要拍到一只白色湖鸥的翅膀了。我站在路边听一个电话，朋友们正在约定三天后去从前去过的那个小村庄挖荠菜、包饺子、打扑克、享人生。但春风真是太大太大了，春风刮得我脚跟站不稳、意志不坚定。哦哦，这是春风她的一片心意呢，俺也认啦，心甘情愿地认啦、认啦！春风太大啦、太大啦，大得离谱了呢，从来没见过呢！春风深处有我家，我家正在春深处。拜托啦、拜托啦，春风刮过俺的家，春风刮过俺的心，春风送俺过一生呢。春风，拜托啦、拜托啦！

荠菜花繁蝴蝶乱

立春已经二十日了，寒流仍会来袭，晚上、深夜、早上，都是一天中风最大的时间点。湖边的地理面貌，又特别适宜风的浩荡。初春的春风浩荡，还不是仲春的春风浩荡，这还是寒流带来的大风，还裹挟着大量的凉气，如果不加细致地分辨，就会认为这还是冬天里的情景。

但确如南宋王镃诗所言："从此雪消风自软，梅花合让柳条新"。如今气温上升，全球变暖，雪消的现象现在是常常不可得见了。"梅花合让柳条新"则仍是自然界不改的物象。腊梅、红梅、绿梅、白梅次第开放以后，转眼之间就见得柳条那一抹绿了。前一日经过湖岸时仔细往柳梢上瞧过，那里还是老绿的冬色；再一日经过湖岸时，就望见一树鹅黄浅绿，袅娜多姿了。嫩绿的柳条是最接得上梅花的春讯的，它是春天真正驾临的信使。它又粗放耐养，什么环境下都长得好，是那种大众情人式的植物，最能普惠众生，见到它一次，我就会喜欢它一次。韩愈说初春的春色是"草色遥看近却无"，其实早萌的柳芽也是

“柳色遥看近却无”的，远远地看去一抹新芽绿，离近了看，由于看到了柳芽的一个一个细节，产生视觉差异，反而觉得柳芽的绿不是那么集中和明显了。

初春的寒流会带来时大时小的春雨。杜甫说：

好雨知时节，当春乃发生。
随风潜入夜，润物细无声。
野径云俱黑，江船火独明。
晓看红湿处，花重锦官城。

（唐·杜甫《春夜喜雨》）

孟浩然也说：

春眠不觉晓，处处闻啼鸟。
夜来风雨声，花落知多少。

（唐·孟浩然《春晓》）

韩愈又说：

天街小雨润如酥，草色遥看近却无。
最是一年春好处，绝胜烟柳满皇都。

（唐·韩愈《早春呈水部张十八员外》）

古代诗人真的都十分贴近基层、贴近实际、贴近天地、贴近人民大众！你看杜甫、孟浩然、韩愈这短短几句诗，没有不以生活的细节为基础的，没有经不住生活的检验的。即便是当下的春风春雨，也大多是随风潜入夜、润物细无声、晓看红湿处、花落知多少的。

当晚，上床将眠时听得风声起兮，一夜风声雨声，早晨爬下床来隔窗张望，果然得见古人春雨润物、晓红湿落的意境。着衣开门，走近春湖晨岸，只见柳色遥看，啼鸟时鸣，虽然寒流带来的凉风仍不绝于耳，但既然已入春里，自然风软可人。去河埂上、堤坡下、小径旁、山脚边，扒开经年的枯草，就能惊喜地看见湿润的土壤里，草芽已经拱出地皮，正待下一场春风春雨的鼓动呢。一冬里黄瘦的山坡，也不知不觉间由冷变温、由硬转软、由枯转荣了。这时候的微信微博群里，应时的话题也已经不出意外地转为对“荠菜花繁蝴蝶乱”的憧憬了。站在大地的天际线和微信朋友圈的人际线上展眼望去，只见春水稍长、油菜鼓苞、野花时放、农人归村。这样的情境，古人可感，今人也能得到，这并不在于景观，而全在于我们的心情。

浅山光影　春雨如酥

一场恰到好处的浸透的春雨，正如杜甫所说，“随风潜入夜，润物细无声”，又如韩愈所言，“天街小雨润如酥，草色遥看近却无”。春雨如约而来，又善解人意，随愿而去，既活了草，养了树，开了花，又活泛了整条河流，真是好雨、好雨、好好雨呀！

人们在冬春交替的季节里，总是盼春、望春、冀春、思春、梦春、怀春、追春、寻春、听春、观春、守春、惜春、享春、护春、念春的，如果拟人化的话，河流又如何不是这样，河流又如何不总是盼春、望春、冀春、思春、梦春、怀春、追春、寻春、听春、观春、守春、惜春、享春、护春、念春的？春雨如约而至，整条河都变得不一样了，整条河都变得活泛起来了。从低山包围中的笑泉那里开始，人们站在笑泉边，眼望着草色渐起的山坡、湿地，呵呵一笑之间，笑泉里水就涌出来了，涌出来的水就蓄满了笑井，蓄满了水的笑井就把多出来的水流进溪谷里去了，溪谷里的水就不急不慌地往下游流去了。

于是山谷里的春笋就往腐殖土上顶了，山寺旁的红杏花就抢先开了，溪水边的白杏花也渐次开了，于是溪流边村庄房前的玉兰花开得洁白如玉了。河流边的湿地里长出了绿茵茵的湿生植物，也是“草色遥看近却无”的意境，远远地看去一片绿茵，走近了去看，却看不见绿植的身影。又一只泉眼里溢出来的泉水汇入溪流，再一只泉眼溢出来的泉水汇入了溪流，溪流愈益活泛、宽大了。溪流淹去了石块间柳树的半个根部，于是柳树早早就发芽了，贺知章说，“不知细叶谁裁出，二月春风似剪刀”，还不就是春风、春雨、春溪、春气、春水！柳树是乔木里最早披绿环碧的，特别是水边的柳树，那一披鹅黄，那一身翠绿，那一汪绿果冻似的春水模样，可不楚楚动人到了极致！

杨树也随春水的暗涨而悄悄萌动了，正憋着劲要鼓出肥胖的芽苞呢！但它总也赶不上柳树的动作快，和柳树相比，它总显得略有些笨拙了呢。榆树的萌发虽然快不过河柳，却要快过杨树、楝树、槐树、椿树和楮树，它的小叶片虽然暗黑，却是另一种鲜亮，总之都透溢出迎春的喜庆。溪流流入山间坞地。此时，南宋方岳的诗油然而出：“问舍求田计未成，一蓑锄月每含情，春山树暖莺相觅，晓陇雨晴人独耕。”现在和牛独耕的农景虽然少了，以后或仅成为文化传媒公司特制的文案，但当下也还有，还见得到“浅山光影处，一牛独耕田”的韵致。

此刻，小溪已跌入大溪，大溪又跌入山涧，山涧上方的民宿粉墙青瓦，只是时节未到，王维“桃红复含宿雨，柳绿更带朝烟，花落家童未扫，莺啼山客犹眠”的景况还要些时日才见得到。大溪又跌入河流，河流奔流入微丘地带，此地平畴沃野，河流边野荠菜已经抽薹鼓花，牛筋草正在出棵长大，马唐草冒出了小芽，救荒野豌豆细嫩可

亲。大片田地里小麦返青快长，油菜壮薹开花。河流奔流入湖，河口渔船挤泊，渡口紫薇怒放。此刻已入休渔时期，渔民们在船头用泡沫箱、旧脸盆种的香葱、大蒜长势正好。宋朝的徐俯说“双飞燕子几时回？夹岸桃花蘸水开，春雨断桥人不渡，小舟撑出柳阴来”。杏花开过，这又是在期盼桃花了吧？

那些可以想象的有内涵的日子

现在还在冬季里，我已经在深深地想念春天了。

其实想念春天以及规划春天，对我来说，早在初冬就开始了。是因为今年冬季冷得早，还是因为别的？我说不明白。在整个冬的季候里，我有一大半时间都花在读书上了。读什么书呢？读那些有定评的、风格强烈的长篇小说以及散文，读那些昨日叱咤风云或今日红光闪耀的人物传记，读那些与我的本职工作最无关的、闲散的、手边的读物，读我朋友的或同乡的上下几十年的文字，读一切偶尔到手的东西。

整个冬日大约都在这些读物的来去之间逝去了。读它们的时候，我总不禁为人的不可思议的创造能力以及人的亲情而激动，为贴身的人世暖意而感动。这时候我总想到我自己，我自己亲历过的而现在已经远逝的我的过去。那些场景或印象——一片野草、一句特定环境里的话、一个深刻的面孔、一种感受、一个关键的时刻等等等等，都丰满而立体地浮漂而至，它们与我的小说融为一体，以至不知哪为小说，哪为记忆，哪为构想。或者整个的我都处于一种亢然的虚幻之中，这时候，我自然地就想念着春天了。

春天那是一些按捺不住的实践日子吧。那亲情、温意乃至感动，都可能化为切实的现实。或者只有少量的亲情、温情以及感动，而多的是讨厌和烦人，那又有什么呢？或又正如我今天在本子上写下的：更重要的是行动。行动着也就抵消了一些，抵消了那些讨厌和烦人，况且春天又总是那可以想象的有内涵的日子。

现在确还在冬季里，我却早已深深地思念着春天了。那许多后来长成的，都是打冬季里就酝酿着了的。每年冬日里思念春天，在我竟成了一种固定，一种规则。因而我想那冷暖而又怂恿人的春姑，终不会全负了我吧？

岁月流淌 春日温暖

人人都盼春来到。不是我一个人，也不是另一个人，而是大部分人，或者所有的人。年二十七，也就是腊月二十七，最后一场社会大型活动结束了。这是一场诗歌大赛，进入初选的诗歌作者要自己朗诵自己的诗作，评委当场打分，当场决出胜负，分别评出一等奖、二等奖和三等奖。晚上的就餐比平时就多了一些不方便，要走一段路到一家较远的饭店去就餐，因为附近的餐饮由于临近春节，大都放假了。几个人走在路上，都在谈论这个较暖的冬天和即将到来的春天。有人就预测说，冬天较暖，开春后也许会较冷。那可不是，常有阳历四月还寒流滚滚来天半的情形呢！又有人说，腊梅快开败了，红梅已经开了。又有人接着说，春天说到就到了。看，虽然平素嘴里不说，但人人心里有杆秤，谁的心里不怀春？谁的心里不惦记？

年二十八，也就是腊月二十八，突然又有机会和朋友聚会，又有朋友说到腊梅、红梅。朋友说那座低山东坡的梅园里，腊梅已快开败，红梅已经盛开了，还有许多人面梅花相映红的照片为证。这正是唐朝诗人崔护人面桃花的诗境。

去年今日此门中，人面桃花相映红。
人面不知何处去，桃花依旧笑春风。

（唐·崔护《题都城南庄》）

崔护的诗深切地把握了社会和人生不可逆转的一种变化、一种分离、一种空寂、一种慨叹，甚至是一种悲切。变化是永远的，不变只是临时的；分离是不可避免的，不分只能是暂时的；空寂是不可避免的，热闹只是表面的；慨叹是常见的，无动于衷只是传说；悲切是人们的常情，无情则只能是有条件的例外。

相反而言，人类与他物的大不同，又正是在变化、分离、空寂、慨叹和悲切中历练出来的。变化使我们丰富，分离使我们坚强，空寂使我们怀旧，慨叹使我们成熟，无情融于有情，悲切让我们崛起。所以我们看到的红梅人面只是一种表象，我们明白春将驾到才是事物的暗示；我们热切盼望的春天只是天际的一种象征，我们了解岁月的流淌才是逝者如斯的真相；我们看到的诗词歌赋只是文字的排列，我们知晓文字背后的信息才是精神园地的一种精华。

这正是“惜春常怕花开早”的心态。

更能消、几番风雨，匆匆春又归去。惜春常怕花开早，何况落红无数。春且住！见说道、天涯芳草无归路。怨春不语，算只有殷勤，画檐蛛网，尽日惹飞絮。

长门事，准拟佳期又误，蛾眉曾有人妒。千金纵买相如赋，脉脉此情谁诉。君莫舞，君不见、玉环飞燕皆尘土。闲愁最苦，休去倚危栏，斜阳正在，烟柳断肠处。

（宋·辛弃疾《摸鱼儿·暮春》）

盼春来，以便享春、亲春、游春、护春、拥春；又怕春来，因为有春来就有春去，有享春、亲春、游春、护春、拥春的那些时光，就有远春、逝春、离春、散春的伤怀。但有享春、亲春、游春、护春、拥春的美好，有远春、逝春的惆怅，不也就因此而有惜春、忆春、怀春、叹春、话春的丰韵情感和无尽话题了吗？

年二十九，我们与远方的亲人通信和视频。大年三十，也就是腊月三十，我们和亲戚一起度过：大鱼大肉地吃喝，没时没天地打牌。半夜走到清凉的街道上，空气中仍旧散发着鞭炮炸响过后的硝烟，天边的星突破了近日常见的雾霾，正一眨一眨地闪亮。这时，我们才知道，腊梅真的已经开败，红梅也将过盛期，绿梅会接续而放。春天就要来到，夏、秋、冬又将依律而至。那时，我们将怀念这一个春天，同时，我们又将盼望下一个春天。

期待有一段能够出走的时光

冷寒晦暗的日子最是渴望暖春的到来，有时候这甚至转化成一种短期的理想和期待。期待有一段能够出走的时光，哪怕会有许多艰苦和寂寞，也要走得远远的，走出一片天高地厚来。正像唐初诗人沈佺期在《夜宿七盘岭》一诗里所言：

独游千里外，高卧七盘西。山月临窗近，天河入户低。

芳春平仲绿，清夜子规啼。浮客空留听，褒城闻曙鸡。

想象得出千年前，在千里外那场独旅的韵味。独游随性，夜宿深岭，山月逼人，天河可揽，芳春银杏，杜鹃幽啼，人在旅程，天明即行，不由得便会生出时空悠长、人世苦短的慨叹，亦会有生命可幸、天地暗合的窃喜。其实旅途的欢乐不一定如怀想起来那么优雅、滋润，但旅途意味着一种陌生、一种改变、一种思考、一种不同，以及多种可能、多种发现、多种选择、多种决断。

受到沈佺期这首《夜宿七盘岭》的鼓动，我迫不及待就要在渴望着春来的这个寒冬的日子到室外去走一走。我去攀上一座和缓的土岭，去俯瞰周遭的稻田、水塘、湖湾、树林、村庄。其实我最想看的，还是脚下无处不在的野草。我时常会蹲下身，用手拨开腐朽，仔细搜寻枯草中的鲜绿，仔细观察苍黄中的返青，看看有没有可能发现我迫切想要发现的惊喜：一派寒意萧瑟中初绽的野花，哪怕只是丁丁小的一点黄，或一点红。

可是都没有，原野和山坡上没有一丁点苍黄和老绿之外跳眼的颜色，我却并不失望。正如苏轼的漫步或旅行：

莫听穿林打叶声，何妨吟啸且徐行。竹杖芒鞋轻胜马，谁怕？一蓑烟雨任平生。

料峭春风吹酒醒，微冷，山头斜照却相迎。回首向来萧瑟处，归去，也无风雨也无晴。

（北宋·苏轼《定风波》）

这或是风雨之后的定性，或是风雨之中的快意，或是风风雨雨中的成长、成熟。成长的拔节声此时听得最真，成熟的平畅快意此时感受得最切、最深，人生的积淀此时发酵得最厚，生命的道理此时把握得最真，生命的历程此时最为自由、自在、自信、自觉、自足。

生命的来去原来真是无可无不可的，人生的轨迹原来亦是或然或不然的。有了如此种种感知，我们或许才能闲听雨滴打叶声，才能慢吟慢唱任我行，才能又见风雨又见晴，才能风风雨雨皆平生。

人生自然是一种理想和追求，但人生又何尝不是一种欢快和轻松？

从喧闹嘈杂中脱身，心若远水

这一天的阳光真暖，真好，真明亮。仿佛很长时间没有享受这种阳光暖照的时光了，室外也没有风，较低的温度被明媚的阳光照晒得失去了寒意，在期待春天到来的日子里，这样的一天，完全能够抵消一个月阴晦湿寒带来的抑郁。所以好日子不怕短暂，就怕不来；好心情不怕匆促，就怕忽略；好媳妇不怕难觅，就怕不能珍惜；好身体不怕难得，就怕无端糟蹋；好习惯不怕他人不识，就怕没有耐心；好结果不怕不能收获，就怕不能守持。

从几个活动和一些电话之中脱身，像冬阳暖照下的大湖细波一样，心情很快就能沉稳和平静下来，并能真切地感受到一种大湖深水的超稳定的结构，我对自己现在的这种状态表示由衷的满意和发自内心的自恋，这算不算流行话语中说的文化的自觉、文化的自信和文化的自强？

从喧闹、嘈杂中转瞬脱身，至少有如下数种好处：能够从容自得地净手沐身、闭窗焚香，坐在客厅阳台上对花品茗，心若远水；能够备一碟花生米、几根萝卜干、一盅老烧酒，半躺在铺着厚毯、暖意烘烘的飘窗上，诸事不问，俯瞰大湖，佯装读书，慵懒眯去；能够伏案细研一本自然科学专著，读至恍然时，兴奋地在屋里踱来踱去，喃喃自语，不能自已；能够迈着轻快的步伐，吹着带符点的口哨，在书房里收拾藏书，在厨房擦洗擦洗菜台，收拾一条在湖边刚买回来的鲜活乱跳的大鲤鱼，在卧室把被子摊开在阳光下照晒，在卫生间清理刮胡刀上的残须，在记事本上记下头脑里刚冒出来的一个好句子——“生活是文学的胎盘”，在大阳台上搬动绿植，在储物间的沙桶旁察看冬眠的乌龟，在微信朋友圈里数数今天有多少人歌颂冬天的暖阳。

真的，心已经暖了，春天还会远吗？

享受日常生活中的美好

园子里的蔬菜在暖洋洋的阳光下生长旺盛。虽然现在还不到春天，但天气短暂地有了春天的味道。我穿过园子旁边的道路，往园子后面的树丛湖岸去。园子里的蔬菜太吸引我了，我在园子外面停下脚步，只见阳光暖照之下，一畦畦菜地里，长满了各类冬春蔬菜：有胡萝卜，它的叶子有一股浓厚的蒿子味；有白萝卜、青萝卜、榨菜、四季青、香菜、大蒜、紫叶莴苣等等。园子外面，绳上拴着竹箩，竹箩里晒着切开的萝卜，这是要做萝卜干的，冬天的早餐有了它，人们的口味就能得到独一无二的满足。还有的竹箩里晒着切成片又煮熟的山芋，在阳光里，它们显得劲道、甜蜜，晒干后一定能得到孩子们的青睐！绳上另挂着许多剖开的大鱼、切成条的五花肉、晒得滴着油的鸭腿。一位六十多岁的老人，坐在园子外面的一张小板凳上，晒着太阳。

我抬不起脚再走下去了，停在菜园子边，喜不自禁地看着园子里面的、外面的一切。小农的生活真是无比吸引人的，就像小资的生活也

吸引人一样。喔喔，真是一派富贵暖意的锄耕生活的场景呀！我的头脑里第一个冒出来的句子，就是宋朝严仁的《木兰花》。那词写道：

春风只在园西畔，荠菜花繁蝴蝶乱。冰池晴绿照还空，香径落红吹已断。

意长翻恨游丝短，尽日相思罗带缓。宝奁如月不欺人，明日归来君试看。

“春风只在园西畔，荠菜花繁蝴蝶乱”，就是这个“乱”字用得好，把阳光暖照、春风撩拨带给人的癫癫狂狂、心慌意迷、情欲泛起、按捺不止的状态勾画得活灵活现，又如此巧合。我现在看见的这个菜园、这些什物、这个老人，都正与这首词里的描绘大致相合、意境仿佛。

能够发现日常生活中的美好，发现日常生活中有知识内容的细节，并不容易，需要我们有心境、有情商、有赏识、有关怀。

还需要我们对母爱有深厚的感念。

农耕文明都是相对阴柔的。

我曾经在读书中长期有感、却奇怪而不得其解的是：人类所有伟大的文学作品，都不能过于阳刚，都不能以阳刚为主。我不知道这是为什么。

后来我似乎想明白了：这是由于作家一般都是在外婆、祖母或母亲的拥抱、慈爱或童话故事中接触文学并从此进入文学的境界，而不是在父亲、外公或祖父的拥抱、慈爱或故事中进入文学境界的。这说明文学最初就具有一种阴柔的基质，具有一种慈爱万物的禀性，更富含一种女性的气质。文学是我们内心渴望母爱拥抱的一种形式。

农耕情境也是那么安宁、稳定、慈祥，因此我们在这种情境中，才有心情体会“荠菜花繁蝴蝶乱”的画面，才会有诗意的情愫不由自主地浮现到眼前和心头。

三

让内心春暖花开

人要依规而行，不让天地失望

春风在似浩荡而未浩荡之间，人的脚步都按捺不住地动起来，动起来，动起来。朋友们也都在圈里谈论赏游春天的好地方。我的脚步却早已迈开了。我知道郊外有一个我最上心的好地方，不过一般的人并不一定十分喜欢：那里是只有野趣没有人工、只有荒凉不见繁盛的地方。

此刻，我已经站在一大片我称之为“夹角湿地”、枯苇漫天的地方了。眼前都是冬来枯黄的芦苇，或稠或稀，时浓时淡，无际无涯。虽然风已自软，但春风确实还在浩荡与未然之间。迎面时有软风吹来，这时我面前的枯苇，就由远而近，或由近至远，波浪般地起伏了。枯苇的顶端还存留着灰黄或发白的芦絮，我知道那其实不是一种植物，也不是两种植物，甚至不是三种植物。《诗经》里有“蒹葭苍苍，白露为霜”的句子，这里说的是秦地的深秋，也就大致是黄河中下游地区的深秋。秋已能引起人的命运感，再是深秋，就更易诱发生命的苍远之慨了。蒹葭作为诱引物，遂成为千百年来感慨思人的象征。

但蒹葭到底是当代的哪种植物，或哪两种植物，却有各种说法。有人说蒹是小的芦苇，葭是与芦苇相近共生的一种湿生植物；有人说蒹是未抽穗开花的芦苇，葭是芒；有人说蒹是芦荻，葭是初生的芦苇。概而言之，蒹葭或是同一种植物的不同生长阶段的叫法，或都是成长在浅水或湿地中长相仿佛的挺水植物。因此每次来夹角湿地，我都会想起这个问题，也都会努力去琢磨一番，试图区分。

秋冬是区分不同挺水植物的好季节。芦苇顶着深黄成团的芦絮；芦荻高大健壮，茎节明显，它的絮呈高粱状，颜色灰黄；芒盛开白花，在微风吹拂下像旗帜一样统统归向一边；另有一种仿佛初生芦苇的湿生植物，似乎并不开花，又似乎永远长不大。我还是讲不清哪是蒹，哪是葭，哪是蒹葭。芦苇、芦荻、芒、类似初生芦苇的小禾本，它们并不是一种植物。

秋冬的湿地芦花浩荡，水也大多退去了。从人行小道蛇行而入，不几步，就进入一个隐秘寂然的境界。芦絮或芒花在身边和头顶上柔和地拂动。走路是要小心的，因为芦苇的残茬十分锋利，能够刺穿鞋底。近水的泥土都由苇根牵连着，我俯下身去观察一番，看看有没有可能是一条大的黄鳝的洞。不钓黄鳝也有三十年了，但人与水与鱼的感应，仍然清晰地留存在心中。前方开阔的高地上长着两棵大柳树，柳树还是稍微耐湿的，它们在水边也能生活得很好。

芦苇在春天萌芽只是一夜之间的事情。太阳照样升起时到湿地里去漫行散步。经过一个冬天的风吹雪压，枯干的芦苇已经大片大片地扑倒、腐烂、消失、转化，视野变得开阔起来，这给春风的浩荡预留了广阔的空间。麻雀仍然成群结队地忽而刮向晴空，忽而落向芦苇。前两天的春雨给湿地补充了些许水分，零星的春草在渔人踩出来的小径上曲折拐弯、绵延悠长。眼前突然飘过一抹泛紫的红晕。以为是阳光晃出来的幻觉，忙止住脚步，眨眨眼皮，定睛细瞅，泛紫的红晕不见了，但转瞬之间又出现了。定睛再看，原来是前方浅水中的芦苇发芽了，这是前天甚至昨天下午还没有发生的事情呀。跑过去蹲在浅水边看芦苇紫红色幼芽的萌发、生长。相信第二天早上再来时，紫红色的幼芽该已经展开它们最初的淡青色的叶片了。

植物总是依规而行的，不让我们失望。人也要依规而行，不让天地失望。

含风宿麦青相接

春风中的冬小麦都抖擞起来了，叶片开始伸展，新绿正在全面地替换老绿。迅猛地向上生长的麦叶似乎正在酝酿中间硬硬的麦秆，新叶已经把麦垄间的空隙都遮住了，想要走进麦田，须得先把脚插进被麦叶遮挡的麦垄之间，从麦叶正面蹚着走，才踩不到新生的叶片。十天二十天前完全不必这么费事的。那时，所有的麦叶都还蜷缩在一起，人随时可以走上去，可以踩上去，在麦地里跑动。那样的举动，完全不会影响到冬小麦后期的生长。

冬小麦是与春小麦对言的，春小麦是春天播种的小麦，冬小麦则是深秋播种越冬生长的小麦。春小麦产量虽然不高，口感和所谓的品质也不太好，但春小麦无须长期占用有限的耕地资源。再说了，所谓口感和品质，完全是文化意义上而非物质本身的：人类习惯了某种食物的某种口味，就会认为它的品质正统；而对不习惯的食物，则不会有较高的评价。

冬小麦经过人类几千年的改造驯化，产量已经大幅提高，但它要经过秋、冬、春、夏四季才能走上人类的餐桌，占用有限耕地资源的时间的确太长了。但从另外一个角度看，冬小麦四季占用有限耕地资源，也不是想象中那么严重：在传统农业流程中，从深秋直至仲春，除了晒垡、休整等现在看来无足轻重的有利于耕地休养生息的措施外，耕地实际上得不到多少利用。所以冬小麦的在地，实际上是利用了耕地深秋、冬季和初春的闲置时间。当然，中国人选择利用外来物种在黄淮流域种植冬小麦，我觉得最根本的原因，是要利用冬小麦冬季对耕地的覆盖作用。有了冬小麦在冬季对土地的覆盖，耕地的表层土就不会被西北风吹走，这才是我们祖先大手笔的因地制宜，当然也就是一种惠泽万代子孙的大战略眼光了。

走进酥软的麦田，拨开覆垄的麦叶，就清清楚楚看得到小麦从根部新拔出来的新叶了。在我们的基因里，看到小麦的这些变化，看到愈来愈胖的蒜苗，看到抽薹出花的白菜和油菜，看到正在鼓苞的杏树、桃树、李树和山楂树，我们的心就跳动得不一样了。我们的心跳就会加快，而脚步则会放慢，以至停滞。我们会拨开麦叶，在麦垄上坐下来，坐在春风拥簇的麦地里。我们嗅得到小麦嫩叶散发的鲜香味；我们听得到小麦蹿叶的哗哗声。自然，我们也将看得到麦蚜虫嫩汁般的小身体无声地爬过叶鞘的萌态，虽然它在饥饿年代被我们称为害虫，但在食物充足的年代它将摇身一变，成为生物多样性的一个链条。

春雨初晴水拍堤，村南村北鹁鸪啼。
含风宿麦青相接，刺水柔秧绿未齐。

（南宋方岳《农谣·之一》）

小麦青青大麦黄，护田沙径绕羊肠。

秧畦岸岸水初饱，尘甑家家饭已香。

（南宋·方岳《农谣·之二》）

这是南宋诗人兼词人方岳的两首乡村农事诗。方岳祖籍徽州祁门，又曾在南方出仕为官，因而对江南（长江以南）农耕、风物了然于胸。他这两首诗写到了宿麦，“宿”就是过夜，宿麦就是冬小麦，就是在耕地里过冬的小麦。冬小麦在江南并不多见和常见。说不多见，是说没法像黄淮海平原那样大规模见到；说不常见，是说不容易见到，面积既小，地块又不多。在春天的江南常见的是大面积的油菜。江南冬小麦的种植或与中国历史上不断的北人南迁相关。就像阔海大浪一样，长城以北的大浪把中原地区的大浪挤向江南，中原地区的大浪又把江南的大浪挤向更南的云贵岭南，江南的大浪再把云贵岭南的大浪挤向中南半岛和南洋各地。当代东部亚洲许多族群的分布，原来就是这么来的。

方岳诗中的乡景农事并非北方特征，是从“柔秧绿未齐”、秧畦、护田沙径等地物现象中看出来的。宿麦青青与秧畦水饱物象同在，是当代江淮特别是江南地区典型的春景，不过季节要到公历三月下旬以后，而不是三月上旬。宋朝是我国古代气候相对适宜人类生存的一个大时期，但即使如此，宿麦与稻秧同在的乡景，在大面积前提下，也难以北延至黄淮流域。人工意志下的小面积现象，则是完全可能的。上世纪七十年代后期我到淮北灵璧县农村插队，当时的口号是“人定胜天”，为了农业学大寨、淮北变江南，生产队都会辟出一些稻田，由几个全劳力或半劳力连天加夜从小河里抽水灌满稻田。我们插队的知识青年大多只能像妇女那样是半劳力。人歇机不歇，中午和晚上抽水的柴油机都要有人看着，不停歇。我中午在稻田边看柴油机的时候，就躺在田埂上晒太阳，一觉醒来，柴油机还“啪啪啪啪”不知疲倦地响着，不停地把小河里的水抽到稻田里呢。但是现在，除了水网附近的便宜之地以外，淮北的稻田已经回归本然，所剩无多了。毕竟黄淮和江南，不是同一种阳光。

在江南寻找诗人的足迹

到江南看冬小麦是此行初衷。“此行”其实是两次行程，一次是3月下旬的一天，另一次是3月底4月初的几天。我们都知道，冬小麦在长江下游地区成规模种植，是一直到两宋时期才基本固定下来的事情。这一方面是由于两宋时期北方人员大量南下，越过愈来愈无法成为天堑的淮河，越过江淮缓冲地带，越过长江，进入江南、华南，定居于从沿海到内陆山地平原的广大地区。人员的迁徙自然会附带饮食文化的流动，流动也许是相对简单和容易的，但要改变传统饮食结构并接纳全新的食物，则并非易事。对北方外来的人群如此，对南方的当地人也是如此，北方外来人群要解决的是适应稻米及南方蔬果，南方人要解决的则是权力携带而来的面食。食物之于人的表层上的作用，不外乎满足人的口感和饱腹感。饿了要吃东西，这是生理的要求，但如果不是饥不择食，人类就总是要讲究饮食文化的，即吃起来有无快感，也就是口感要好；另外，吃完了有没有饱腹感，有没有感觉吃饱了，这也非常重要，牵扯到暴饮暴食或厌而不食的大问题。一直吃个不停肯定要出大事，吃一口就再也不想吃了那还不是厌食症？所以粮食作物的推广、普及并为大众接受，必定是一个长期的过程，有时候甚至就是完不成的任务，特别是短时期内难以完成的任务。在这种情况下，行政干预成为简单易行的选择。冬小麦在江淮和江南的推广、落户，大概主要就是这么一个动因。

如果从江南的角度看，小麦是典型的“外来物种”。江南的粮油作物，水稻是完全本土的，浙江等地发现过距今7900年以前的水稻碳化物。中学的课本上也说，合肥（这是江北，但离江南很近）等地都是水稻的原产地之一。油菜的原产地在不在江南？看样子也是，因为油菜分为三个大类，也就是白菜型油菜、甘蓝型油菜和芥菜型油菜，而中国是芥菜型油菜的原产地之一和类型分化中心，还是白菜型油菜的起源地之一。除水稻和油菜之外，小麦、玉米、山芋、土豆等粮食作物，都有它们外来迁移的较明确的路线图。冬小麦在江南落户的次级动因，也许是冬季对裸地的保护和覆盖作用。由于自然环境的原因，我怀疑这已经不是一个动因了。以江淮分水岭为界，愈往南，这个动因愈被缩小、缩小、再缩小；愈往北，这个动因愈被放大、放大、再放大，重要、重要、更重要！相对干旱的黄淮海平原，冬天朔风呼啸、土地龟裂，没有绒毯一样的冬小麦保护，疏松的耕作土会被寒风吹掠尽净，沙尘暴也一定会更加频繁。这和蒙古高原的情况是一致的，当草原被开垦成农田，或由于牲畜的过分啃啮，草原失去了草本植物的固守和保护，很容易沙化扬起，被大风裹挟而下。所以冬小麦像草原上的牧草一样，既是一种食物，也是一份保护，充溢着大自然的道理和智慧。这是人类的宏观选择，在这种选择面前，口感和营养都是次要的。所谓口感、营养或饱腹感，还不都是人类的饮食文化？这种文化其实就是人类适应自然界的长期积累，没有口感可以培养，没有营养习惯了就是营养，没有饱腹感连吃几百年还能不觉得饱？

而江淮分水岭之南则大不相同，愈往南，空气的湿度愈大，地表的储水器——譬如江河湖塘愈多，干旱呼啸的北风为湿润的山峦冈丘所消化削弱，其势难强；再加上植被茂盛，裸地鲜见，耕地又有角角块块高高低低不成规模的特点，对冬季地表覆盖物的要求并不迫切。这一点，在3月下旬的江南行程中，我们在车上看得一清二楚。在铜陵、芜湖、当涂、马鞍山的沿江平原上，除却一片片葱厚的冬小麦和处于开花临界点的油菜外，许多田块都处于闲置状态，它们当然都是为即将到来的早稻的栽植作准备的。用北方的农事语说，这或可称为“晒垡”，即让太阳照晒翻耕过来的土块；不过这尚不准确，因为那些撂闲的稻田地，并没有被耕翻过来。在那些闲置的田块里，除却去年晚稻收割后留下的枯灰的稻根外，土表都是汪润的，水耕熟化之后的稻田土本身又较凝固，在江南的地理环境中，这样的土地，不可能成为空中风神的俘虏。而由青阳到南陵再到泾县的山地中，冬小麦的种植大幅减少，但也有，时常仍能看到较小块的冬小麦的身影。皖南山地除了春夏秋的水稻和春季开花非常夸张的油菜存在外，其他的农作物东一块，西一块，零散分布，大致上都是平分秋色的。

这是一个暖融融的春日。从安徽当涂青山的李白墓、泾县低山中的桃花潭、东至大渡口镇人头攒动的老街和菜市场，到江西彭泽马挡核电站工地和棉船岛长江渡口、湖口高速公路出入口、星子桃花源的白鹿洞书院，江南长江下游这大约三四百公里的地域，黄灿灿晃人眼的油菜花竞相开放。蜜蜂的数量虽然据说由于农药、空气等环境因素已经减少，但它们的辛勤劳作，继续给江南的春色增光添彩。这自然已经是我此次江南冬小麦、油菜花和诗人足迹之旅的第二个行程，即3月底4月初的行程了。空气中，五官附近，到处都散发或洋溢着一种要命的舒服、舒适、放松、和谐、慵懒、衣食富足、长此以往的浓厚气氛，怪不得那些追求山水田园之乐的古代诗人，例如陶渊明和李白，都愿意在江南勾留、游荡、生活和终老。“鱼盐满市井，布帛如云烟”，那该是怎样一种富庶、祥和的景象！“种豆南山下，草盛豆苗稀。晨兴理荒秽，带月荷锄归”，又是怎样的一种田园小农生活啊！人的意志要多么坚强，才能在这种仿佛衣食无忧的感觉中不被腐蚀、摧毁，才能振作精神，追求本不存在、需要苦苦摸索才可得之的所谓创造和理想？而江南鱼米之乡的氛围似乎难以为诗人的奋斗精神推波助澜。

显然，诗人创作理想的推动，还有其他更强大和重要的动力来源。是什么力量在推动诗人的奋斗不息？是对政治的热情追求，以及政治抱负的无奈失落带来的生活相对不如意的逼使？在对文学作品的诗意阅读中，大多数人一般总会自然而然地选择保留美好、温馨和深邃，筛除、摒弃粗俗、世俗、庸俗和政治及技术操弄，这让我们印象中的诗人和作家显得高尚、优雅和“完美”。是的，这是一种艺术的真实，但同时还有诗人和作家的另一种“真实”。由于诗人和作家的政治情结及生存需要，他们的日常生活则始终一点都不是天晴日暖、黄灿灿油菜花怒放的春景。

拿李白来说，李白在当涂写“天门中断楚江开，碧水东流至此回。两岸青山相对出，孤帆一片日边来。”在宣城写“众鸟高飞尽，孤云独去闲。相看两不厌，只有敬亭山”；在泾县写“李白乘舟将欲行，忽闻岸上踏歌声。桃花潭水深千尺，不及汪伦送我情”；在青阳写“妙有分二气，灵山开九华”。在这些气质高贵的诗句背后，李白对政治圈规则的操作也是十分的了然于胸，对体制内的生活也是极心向往之的。他和当涂的几任县令、宣州的官员都攀上了族亲，得到了他们的关照、帮助和抬升，有人邀请，有人买单，衣食住行等等就都不用发愁、操心了，并且可以因此而随意生活在当地上流、中流和下层社会之中。他在皖南特别注意结识大大小小有职有权的官员，现在能找得到名字的也有二三十位，自然那些官员也需要李白这样的名人发挥效应，也需要文化搭台，经济唱戏。

另一方面，李白又特别有诗人的那种呆气和痴气，无识无意地，他其实只是把进入政治圈当成体验生活的一种方式，不能真正软下身段，按照政坛的游戏规则接人待物、谋篇布局。平时我们说的所谓“体验生活”，它的底线即是客串，搞得好就搞，搞不好了，没有关系，随时可以闪去。因为在诗人的心中，诗文名声才是他一辈子真正要倾全力经营的事情。对官场，可以不摧眉折腰事权贵；对“准在编”——即待诏翰林的文学侍从官的职位，也可以用纵酒散漫来对待；对高官显贵，更没有那么多讲究，让他们帮大诗人脱脱靴子，似乎并不过分。这就使诗人的政治失落成为必然，而失落后日常物质生活的不“富足”也成为必然，这样的必然，则客观上促成了心地高傲的诗人的题材大丰富、思想更多元、艺术大丰收。

在江南沿江的彭泽、湖口、星子、东至等地生活或当官的陶渊明，也是如此。陶渊明对田园生活的追求，看起来确实一贯而发自内心：“少无适俗韵，性本爱丘山。误落尘网中，一去三十年。羁鸟恋旧林，池鱼思故渊，方宅十余亩，草屋八九间。暧暧远人村，依依墟里烟。狗吠深巷中，鸡鸣桑树间。久在樊笼里，复得返自然”。但不能“适俗”和追求桃花源理想的陶公，也是颇向往功名和政治生活的。虽然不可否认，他的几次做官，也有养家糊口、补贴日用的即时功利目的，但真正让他抽身而退并失落于富足生活之外的，却是政治生活潜在的生命危险：排错队的后果，让诗人心惊胆战！在人头落地、诛灭九族的可怕前景下，入仕就变得一点也不好“玩”了！相较而言，好玩而又闲适的，还是“采菊东篱下，悠然见南山”，还是四两老酒、一碟花生米来得安然，虽然胸中的激情、家国理想只能释放在文字中而不能在普世大众中实现。

追求四方之志、政治功名，是有使命感、命运感、高心智知识分子的天然冲动，但这与潜心创作、默默耕耘也一点儿都不矛盾。相反，没有社会政治激情和家国理想的诗人、作家，则很难在自己的作品里追求高峰、追求霸道、独裁和仅此一家，也很难有黯然而退、田园至亲的深刻体验与心领神会。由此看来，我们此刻看到和感受到的，到处都散发或洋溢着一种要命的舒服、舒适、放松、和谐、慵懒、衣食富足。长此以往，浓厚气氛的江南表层，并非命定诗人创作动力的根本来源。这背后有着更深层级的社会生命驱动。

3月底4月初的江南冬小麦、油菜花和诗人足迹之旅，一路西行，至彭泽、湖口、九江、星子，再折返而归，于安徽东至县胜利镇落脚小憩。

离开安徽东至进入江西彭泽后，沿江的平畴迅速减少，地貌骤多突兀而起的低山山头。冬小麦也似乎基本销声匿迹，不过也许这仅是沿公路快速驶过所得出的不很准确的印象，或者这是愈远离南宋首都临安，受当时北人影响愈少，冬小麦种植面积愈减的规律吗？

油菜花是公历4月上旬江南的绝对主角！哦哦，那是怎样一种空前的花海盛况呵！东至县胜利镇是沿江平原的一部分，北濒长江，南望升金湖，真个是“平畴连碧空，远天亦朦胧。人迹深汉后，花开满目香”。黄澄澄的油菜花绵延无涯，清明前后的这几天，春风浩荡，甚至呼啸有声，暖气逼人，前往各处祭扫的布衣大众拖家带口，你来我往。

但江西彭泽、湖口、九江公路两侧大面积的油菜花已经鲜见而多呈梯田式布局，星子各处如温泉镇及桃花源、白鹿镇及白鹿洞书院，由于山势增高，更是如此。陶渊明的东晋年代，江西各地不知是否已有小麦种植。很可能没有，或者至少没有冬小麦“种豆南山下，草盛豆苗稀”，“平畴交远风，良苗亦怀新”，“有风自南，翼彼新苗”，这些“苗”是什么苗？看上去确实应该是豆苗，因为大豆的种植可以是春季，也可以是冬麦、油菜收获后的夏季，季节上大致就对了。那为什么不能是油菜苗、玉米苗、土豆苗、山芋苗或冬麦苗？因为油菜开春后已经拔杆打苞，不再是“苗”，玉米、土豆和山芋在那个时代尚未引进。而如果是宿麦即冬小麦苗，那么江西也是亚热带季风区，到阳历的4月，恐怕才会有南风吹来。更晚一些，4月下旬到5月上中旬，一夜南风，冬小麦就灌浆黄熟了；有南风吹来的季节，冬小麦已经变成了硬杆植物，不能像幼苗时如鸟的翅膀那样随风柔动了。当然，这些“苗”也可能是春小麦苗，春小麦的种植和水稻、大豆等作物在时间上是重叠的，但春小麦的产量较低，用它跟水稻争农地和季节，这需要认真地因地制宜、权衡选择。

千余年过去了，冬小麦在安徽、江苏、江西等省的推广、种植，不知道确切是一个什么样子的状况，因为从公路上快速通过，在油菜花占绝对优势的四月初，很难再看到其他小宗作物的身影。我在东至县胜利镇省道边一幢高大崭新的宾馆3楼的窗口里放眼远眺，只见油菜花海烂漫、远村被淹没。我离开宾馆，步行进入公路对面的花海，这样，许多隐藏在宏观花海之中或之后的生动细节，就开始一一浮出

“海”面了。油菜花香而略腻，又高又壮，和在公路上看到的那种感受完全不同，它们普遍高过我的身高，大约总在2米以上。这些油菜的品种，应该是甘蓝型或芥菜型而不是白菜型的了，因为甘蓝型或芥菜型植株较高大，而白菜型油菜植株较矮小。相距不到一百米，我碰到两条小水蛇，它们已经在香暖的空气中苏醒：第一条突然跃入水渠，又把头探出水面观察；第二条先是钻进一丛野草躲藏，在我的恫吓声中，它才游进路边水田的浅水里。

大片油菜围裹的空隙，突然出现短短几垄油黑茂盛的冬小麦。我兴奋地跑过去，蹲下身仔细瞅着它们。这是我在安徽东至、江西彭泽、湖口、九江、星子等地第一次近距离看到冬小麦。我再往前走，又惊讶地在灌满春水的田埂上看到十几丛长势旺盛的冬小麦——只有十几丛！再往前走，我又看到一小块水田中，农人起了高垄来种几行冬小麦：垄上是小麦，垄沟里是水。我站在阳历4月初油菜花占绝对优势的江南沿江平原农作物的包围里，欣赏着灿烂无际、香而略腻的油菜花和微不足道的几垄冬小麦。没有疑问，这些冬小麦由于数量太少太少而毫无商业价值！但农民为什么还记起来种它们？仅仅是作为口味调剂的点缀，还是千多年来北方正统文化入侵的物质遗存？这事我说不清楚，但现实摆在这里，这是一个新线索，这也是我的一个新问题探索的开始。我在油菜花中继续往前走，打算一直走到升金湖北岸曲折蜿蜒的湖畔。

生活在别处

淮河两岸冬小麦的区别此刻还看不出来，要到阳历的五月。如果是五月下旬，从江南，到江淮淮南，再到淮北黄淮，再到冀东北渤海平原，一路北行，随着纬度的升高，在短短的一两天时间里，就能次第体验到冬小麦归仓、收割、待收、成熟、抽穗灌浆的全过程。但现在是阳历的三月，这一过程还完全看不出来。

我从合肥出发，由肥东县梁园镇离开省道，进入县道。江淮丘陵立刻显示出它起伏波浪的地貌特征，地表不再平坦，不再一览无余，道路蜿蜒，也煞是好看。县道的两旁栽种了一些低矮分叉的果树作为行道树，但一时间并不能分辨出是哪一种果树。村庄、冬小麦和油菜田，都在起伏岗洼间一一展现。一座弃用的老公路桥沧桑万端地蜷缩在新公路大桥右侧，老桥的桥头外是由瓦房组成的一户乡居，房左畦地肥沃、蔬菜旺盛；一个男人站在老桥桥头的晨岚里刷牙，一位三十多岁妇女的背影坐在旧石栏上，一把一把一丝不苟地梳头，但却没见到更老的老人和更小的小孩出没。这瞬间引起了我的联想：这是一个两辈甚至三辈人的家吗？如果是，那就和普通中国人的家庭没有不同；如果不是，那为什么？老年人去了哪里？分家了吗？还是去世了？孩子在哪里？上学去了？可今天是星期六；没有孩子吗？为什么没有？生理的原因还是经济的？情感的原因还是妻子重病？社会救助体制在哪里？谁在呼吁？人大代表？政协委员？当地媒体或志愿者好心人？一时茫然，全无答案。

呵，那座曾经花费近百万元人民币、无数车轮滚滚而过的大石桥现在竟成了他们家的专用桥，只为他们一家的通行而存在。我的思流如潮涌现。我感觉嘈杂市井生活的节奏迅捷降速。我开始脱离一个接一个飞快闪过的会场、面孔、场合、安排和时间的转换与衔接。我的注意力完全转移到眼前越冬而来的麦苗身上，完全转移到车窗两边的自然地理、三农场景和相关的历史沿革上来了。现在的乡村道路不少都修筑得很好，很方便，村村通更会引导车轮前往江淮分水岭看最僻塞处的风景。肥东古城、定远界牌、定远藕塘、定远池河、凤阳小岗（大包干策源地）、明光横山、凤阳小溪……我和车轮跃上了江淮分水岭，居高临下，我能清晰地看见岗岭以北的涓涓细流都汇聚入淮河、洪泽湖，而岗岭之南的河流，由于雨量的缘故，会更阔大一些，它们将进入巢湖和长江。我停车步行去路边岗地上的一丛乡墓，看墓碑上的文字，想生死分离、骨肉之亲，拍照片留存。这里的乡镇经常聚建于岗顶坡首，于是出镇村的乡道时常从高端跃出，往球表的低凹点急降而去。镇外一个背侧肩包、面容颇见担当的三四十岁男人走出小镇，向起伏无尽的岗洼行去。我急刹车停在路边，凝望他的背影，突兀而强烈地想到男女之间火烈的恋情。就是这样不繁荣的小镇，就是这样慢节奏荒僻的乡村，一个人在什么苦陋的地方生活完全完全不重要，重要的是有能勾住他心弦的痴烈的性和情，果若如此，一个人在哪里生活，在什么环境什么情境里生活完全不重要，不重要了！一个人可以不顾一切！

江淮分水岭上的冬小麦都浑如毛毯，敦实厚重。这一天晨起似乎阴浓，却很快红日喷薄，阳光明媚。这是孟仲春交界之间连续阴雨冷寒后的一个春日。车轮从岗脊处飞驰而下，越过淮河，进入沉甸甸的淮北大平原，由五河，而经沱湖、申集、黄湾、晏路、韦集、向阳、官庄、濠城、固镇。乡道旁新建的敬老院也由粉壁黛瓦马头墙的徽式建筑，转变为翘檐灰壁宽展霸道的汉式格局。在濠城、韦集、向阳、长沟之间的冬麦田里，开始听得清项羽仗剑而行时的粗重喘息和扑踏脚步声，开始看得见虞姬美眉顾盼痴兮念兮的流影。我的胸怀顿时溢满雄健、厚砺、苍劲和悲浑。我能看见我胸腔里壅塞的时光、荷尔蒙、芸芸众生和波澜壮阔。我下车坐在瞅得见虞姬墓顶的麦田里。冬小麦还在凝聚体力以脱离寒冬，它们齐心协力拟把我托举入云的能量我似乎已感觉得到。那墓边砖沿土缝间的虞美人花还没开放吗？我的生命和生活完全慢下来了，这是非常非常值得的一天！我呼吸着麦苗的气息，幻想着我生命尽头的那一天，以及我的归宿：最好能有冬小麦簇拥着我，最好能有我牵挂和牵挂我的人，最好能在一个沉潜缓慢有思想深度的时刻，最好能在不知不觉之中，最好能如此时此刻，最好能有一双麦丝鸟的轻悠鸣声，从麦田上空蔚蓝色的晴朗中，慢慢划过……

让内心春暖花开

中国据说是油菜的原产地之一，这个意思就是说，油菜可能会有若干个原产地，其中有的原产地可能不在中国，油菜就是在这些地区相对独立地驯化出来的。

在江淮地区，油菜由江南至淮北、由三月至四月，次第开放。当然，由于品种的不同，同一个地区，也会形成不同的开放时间，但油菜在中国中东部平原地区都是在春天开花的，这却没有什么疑问。

三月上旬的某日，春阳半照，坐在农家小院的门前，闻到油菜开花那股渐浓的、熟悉的香气，不由转眼去望一凳之隔的那几丛油菜，只见小蜜蜂时而两只、时而三只，围着已经打开的油菜花苞转悠并探头探脑。油菜花一开，真就感觉春天来到了。春天来到了，我就更有理由自己、或与人、或与众亲往油菜花盛开的地方走一走了，我这本写春的小书就有更丰富的内容了，觉得自己人生的心理动力也就不一样了。每个人人生的心理动力都不一样了，我们就可能抛弃更多的沮丧和抑郁，而有可能添加更多我们内心春暖花开的春意了。

古代诗人、词人写到油菜花，不像写到杏花、桃花、梨花或李花那样，端正典雅，或大俗大雅。他们一写到油菜花，诗词就显得很接地气，整首诗或词就显得很世态，不洋气，但却更贴近身体，更贴近体温，更生活化，更能让人参与，也更熨帖心灵。

例如宋朝诗人杨万里写菜花道：

篱落疏疏一径深，
树头花落未成阴。
儿童急走追黄蝶，
飞入菜花无处寻。

（《宿新市徐公店》）

这写得真好！他不说菜花是黄的，而是创造了一只黄色的蝴蝶来暗喻菜花的黄。杨万里还真是一个色彩专家、隐喻高手呢！

宋朝诗人范成大也写过菜花：

梅子金黄杏子肥，
麦花雪白菜花稀。
日长篱落无人过，
唯有蜻蜓蛱蝶飞。

（《四时田园杂兴·之二》）

古诗词里的菜花是否一定特指油菜花？我没有多少研究。不过这的确是个容易弄混的事情。油菜与白菜之类都是十字花科的近亲，它们的菜薹上油炒一炒也都好吃得不得了，一顿饭扒上一碗是没有问题的。既然是近亲，因此它们大都在同一时期生长、开花、结籽，而且花色也以黄色居多。杨万里的诗不知所处环境，因而难以判断。范成大说“麦花雪白菜花稀”，却有些迷惑人，不过想想也差不多。油菜开花比小麦、荞麦略早，也前后收割，因此说“麦花雪白菜花稀”，这里的菜花大概就是油菜花，这里的麦有说是荞麦的。又因为白菜一般留种少，所以不太可能大面积开花，大面积开花的应该是油菜。网上流传的清朝乾隆诗《菜花》，因为写明了“榨新油”，所以这里的菜花，应该专指油菜花了：

黄萼裳裳绿叶稠，千村欣卜榨新油。
爱他生计资民用，不是闲花野草流。

（清·乾隆《菜花》）

我正午在油菜花浓的丘陵坡地上乱走，田埂上长满盛开蓝色小花的婆婆丁。喜鹊们总是在荒草地、水边或树上起降，却从不在油菜地里停留，也许它们觉得油菜花太鲜艳，会将它们黑白相间的色彩比下去吧？才五天不来，油菜的身体一下子长开了，油菜花已经大面积绽开了。油菜地里只有一只白蝴蝶在飞，它形单影只，从这里飞到那里，从那里飞到这里，它是在寻找它的小伙伴吗？几棵洒落在路边的

油菜长得比油菜田里的油菜更加强壮，它们在路边能够独享阳光、风雨，但由于不在群体之中，它们的独在也有可能带来更多的风险。油菜地边总是同时种着开白翅黑花的蚕豆，蚕豆和油菜同时生长、同时开花、同时收获，这样既得到了多种果实，又区分了轻重，还不占用耕地，一举多得。油菜花海掩护着一间排灌站的小砖屋，四周不见一人，我想如果能有两人独占这间小屋，能够几天几夜地做爱厮守，能带一些卤猪蹄、卤猪肚、烧鸡和泡椒凤爪，饿了就吃一吃，乏了就走出小屋在暖阳香薰的油菜花海里转一转，那该多么快乐！

只要有风吹过

春天，实在是从冬天就开始了的；春花，实在是在冬天就孕育着了；春信，实在是从枯黄中就流露着了。春在溪头荠菜花，于我而言，实在是从立冬的那一刻，就启动着了。

春在溪头荠菜花，是南宋词人辛弃疾的一句词。那词叫《鹧鸪天·代人赋》，这般写道：

陌上柔桑破嫩芽，东邻蚕种已生些。平冈细草鸣黄犊，斜日寒林点暮鸦。

山远近，路横斜，青旗沽酒有人家。城中桃李愁风雨，春在溪头荠菜花。

辛弃疾的这首词写得真好！这首词写原野里的春天，看得出春天是从冬天脱胎、从冬天开始的，那些关键词都是农耕文化环境中我们熟悉的事物，所以我们有认同心，有点头认可的愿望。中国诗歌的文化特征是诗意、哲理和意境。在这首词里，嫩桑、蚕种、细草、黄犊、斜阳、暮鸦、溪流和荠菜花，共同组成了初春诗意的意境和画面，哲理却是隐含于这些物象背后的价值观念。因为我们认为这些事物是美好的，是值得欣赏和赞扬的，所以我们会认为这是好的文学作品，是可以叫好的词。

春天从冬天开始，还有一个意思，说春天有些花和果实，是从冬天开过来、结过来的，例如枇杷的花和果实。枇杷是冬天最给力的一种果树，因为亚热带以北地区，自然界中的大部分果树，在冬天都休眠或半休眠了，只有枇杷等少数果树，反季节之道而行，走出了自己的一条路子来。枇杷的花并不香，这可能是在千万年的演化过程中，枇杷发现冬天很难吸引到蜜蜂等小昆虫为它传播花粉，因而它不再把注意力放在香气芬芳的能力上。就像初春田头的野荠菜，它开的花，也不是以芳香惑人著称的，它也没有把资源倾注到花朵的香艳上。它朴素而寻常地开放着，只要有风吹过，它的终身媒事，也就随风解决了。

辛弃疾的这首词，看起来写的是田园，其实写的都是人文，桑蚕黄犊、斜阳暮鸦、青旗沽酒、桃李荠花，没有哪一样不与农耕文化、城里城外、心情状态联系在一起。这首词正是辛弃疾忧国忧生心境的如实写照。人或常常遭遇冬天那样的挫折，遭遇挫折并不可怕，可怕的是忘记挫折，或不忘挫折。忘记挫折，不以挫折为鉴，就会继续遭遇挫折；不忘挫折，深陷挫折，就会妄自菲薄而不能自拔、不能自信、不能面对、不能展翅高飞。

寻觅原野的味道

春暖花开时最宜与一拨友人去往远郊野外游春踏青。三五人，七八人，或十余人，最多不能超过十八人，到友人在乡间袁大郢的老宅子去。三两位厨艺好的自觉在厨房土灶间忙饭，土灶烧着杂树枝、干木柴，大锅饭香，只有干木柴才烧得出略带焦香味的大米饭和土猪肉鲜春笋等等一锅烩。一两位矜持的男士背着手房前屋后走一走、看一看，只见四季青菜薹已现，大蒜苗愈显肥胖，已经开放的油菜花上有两只小蜜蜂围绕着，嗡嗡嗡地亲花采蜜。铁路附近的浅水藕塘里，一位穿着胶靴的男人正在扒藕，引来几人观看、拍照。城里人吃过藕，但大多不知道藕是哪里来的，是土里生的还是树上结的，因而惊叹的有，好奇的有，问个不停的有，仔细观察的也有。

更多的人则提着小篮、拿着小铲，到荒地、河畔、渠旁、路边挖野荠菜，这也是最吸引城里人的活动项目。但人们的疑问也随之而来。辛弃疾说“城中桃李愁风雨，春在溪头荠菜花”，这说得没错，城市中人工活动明显，自然因素减弱，因此城中的的春味总显得不那么足，甚至都无法明显感觉到春天的降临；又或因为心情和关注重点的不同无意体会春来的滋味。而郊野田园里却聚拢了所有春天的元素，这些元素中最显著的标志，至少在辛弃疾的眼中，是溪头的荠菜花；可严仁的名句“春风只在园西畔，荠菜花繁蝴蝶乱”却至少不合江淮地区当下物候共在的现实，现在是孟春的尾巴，乡土上的野荠菜大部分已经开花，小部分即将开花，但蝴蝶还了无踪影，无法得见花蝶共舞的盛景。不过，我相信严仁的词句得自生活，不会有误。这样的偏差也是十分正常的，既可能是黄淮、江淮与闽地的气候原因造成的，也可能是事物的偶然性使然，还可能是野荠菜与人工种植的荠菜不同的生长周期产生的。正由于辛弃疾、严仁等著名词家的这些响亮词句，使得荠菜这种普通蔬菜成为中国文化一个蕴含丰富的象征物。人们在春天以这样的由头前往郊野踏青游春，人们可以挖不到野荠菜，但不能没有到乡野寻挖野荠菜这样的人文活动；人们可以从菜市买来野荠菜包成荠菜饺子，但不能没有亲手从河渠沟畔觅挖野荠菜的过程；人们可以不吹嘘昨天在五星级大酒店吃海鲜大餐的经历，但不能不晒出在荒草野坡低头寻寻觅觅野荠菜的痴迷傻相。这正是无形的文化对人的役使，人在这种情况下没有不心甘情愿、萌若童子的。

迟日江山丽，
春风花草香。
泥融飞燕子，
沙暖睡鸳鸯。
（唐·杜甫《绝句二首·之一》）

如果没有足够的耐心和丰富的经验，城里人在乡郊野外挖到的野荠菜总是少而又少。但这总体而言就是一个作秀的过程，只要能亲手从自己从未耕种施肥的野地上挖到几棵野荠菜，这在心理上就足够满足了。倒是野地上五花八门的各种野草引起了大家的广泛注意，甚至有老师早有预见，带来了野草图谱以供认识、比对。拉拉钩（葎草）的幼苗虽然细小，但茎上已经长出了小刺；婆婆纳看上去圆软软肉嘟嘟的小叶子铺展开一大片；野豌豆丛生密长，细须初现。最惹我注意的，是田头地边的一棵小树，那树还没长成，但细弱的枝条已经在所有的节点爆鼓出了暗绿色的芽苞甚至小小的叶片，扑上去一看，就认出那是一棵幼年的榆树。榆树的叶子即使新叶也显得黯淡，这正是它的一种不张扬的特色。榆树最有名的标志是它的果实，就像古代的铜钱，因此人们称它的果实叫榆钱。昨夜春风化雨，万物滋润，田间的小路有些泥巴粘鞋。我一手扶着小榆树，一边想，各代有各代的意境和物象，各人有各人的偏好和想象，杜甫钟情的“泥融飞燕子、沙暖睡鸳鸯”的情景我们不一定看得到，但那种文人软化的情怀才是最值得我们珍重的。因为万物阴阳，一软一硬才最合适，才最匹配，才最合常道。戮力拼搏固然必须，畅想休闲也甚合人性；硬的实力固然重要，柔弱如水也能化人；大鱼大肉增添动力，草木蔬果也造就寿星。这么一想，才知道下乡挖荠菜真的并非单纯踏草游春、赏花观鸟、品茶闲叙、识别草木、友人活动，还能获得许多感想、感悟。这般想来，倒不由对人类、对自己又有信心了几分。

过一种真正柔软舒服的生活

1. 第一波桃花汛来到时，我们是一定要赶的。那是一个说晴不晴、说阴不阴的春日上午，待赶到北城的桃花园时，已经有不少“闻汛”而来的赏花客了。桃园里各种颜色的桃花已渐次开放，有粉红的、有略白的、有深红的。我特别喜欢深红的桃花，站在深红色的桃花树下，盯着深红色的桃花细看，只见那半树深红桃花，都正得毫无瑕疵，不见半点偏色。这是一种心血的颜色呢，至少我这么认为。这是一种血液的颜色呢，至少我此刻这么认为。在深红色的桃花面前，谁还能把它归于轻佻、好色的一端？深红色的桃花，我觉得才是桃花那种不容争辩的正色呢！以前没有特别留意过桃花的点点滴滴，因而不知道颜色深红的桃花，是本来就有的呢，还是后来的园艺品种。如果是本来就有的，那我从内心里会加倍喜欢；如果是后来的园艺品种，那我从内心里就喜欢得不那么厉害了，会略微有点喜欢的障碍。这是人们固有的传统观念：夫人是原配的自在，因为磨合得久了；零件是原配的好，因为步调一致。从古代的一些诗文里看，桃花的深红，似乎是古已有之的。唐朝诗人杜甫《江畔独步寻花·之五》道：“黄师塔前江水东，春光懒困倚微风。桃花一簇开无主，可爱深红爱浅红”就有深红浅红之分，或可知桃花的深红浅红，始自古老，不是当下才有的园艺品种。但由于我个人没有以前的记忆作比较，因而对桃花的种种，我都是从内心里喜欢的。

2.桃花汛这时候似乎还是来得早了些，因为杏花正盛开，桃花哪堪来？这时节的桃花、杏花，最让人分辨不清。一路走，我们就争了一路。村旁舍前那一树粉红、洁白的花树，我断然判定它们都是杏花，而她则断然判定粉红的是桃花。我知道，在仲春这个时节，在村舍民间而非桃园的环境里，最是杏花盛开的时光。那一树鲜亮白花的，既然不可能是李花、山楂花、棠棣花、梨花，那还不是杏花吗？那一树粉色红花的，虽然很像桃花，但民间的桃花杏花，没有人工的唆使，都将依规开花、质朴得可爱，哪会提前绽放！争到不可开交时，我们在路边一个乡村超市旁停车，站在那一树粉红花下，让当地村人评评理。一位年轻的村人不假思索地断言道：这是桃花。大概各种各样的桃花节给了他先入为主的印象，他觉得只要这时开红花的，都非桃花莫属。我不甘心，便拉着年轻人去向路对面一位坐在门前空地的椅子上静静养心的老年人求助。老年人说，路两边这几棵开花的，都是杏树，桃花还要晚些日子才得开呢。老年人见多识广，在这样的生活常识面前，谁还能质疑老年人呢？年轻人也赶紧改口说，他并不认得，只是随口说的。其实，桃花和杏花的区别，我是有判断的方法的，一是看季节，杏花盛开的季节，桃花不可能开放，杏花开败的时候，桃花才会接着开；二是杏花开时只开花不发叶，而桃花开时既开花又长叶。这正是用心思考、细心观察的好处。

3. 每年一到桃花汛，我最想得起来的，就是有一年我去淮河的硖石口看西淝河入淮的河口。硖石口是淮河的三大峡口之一，河道里兀自突起一些怪石，把本来平顺的河道弄得波涛滚滚，险相横生。正是仲春时节，路边一户废弃的人家的园子里，一树红桃花开得正艳，那废舍、那菜园、那人去屋空的人家、那独自热烈的桃花，和唐朝崔护诗《题都城南庄》的意境全无二致："去年今日此门中，人面桃花相映红。人面不知何处去，桃花依旧笑春风。"我落寞地在废门外站了许久。人生常有相似处，落寞心境总相随。

4. 桃花汛并非桃花的讯息，而是桃花盛开时的水情。但我却总喜欢把桃花汛的内涵改成桃花的讯息，把桃花汛理解成关于桃花的讯息如水而至。如果我把"桃花汛"写成"桃花讯"，那就失去桃花春水如汛情的丰富的文学含义了。桃花，春水，总是惹人怜爱、联想、怜惜的。

5. 唐朝诗人白居易《大林寺桃花》最为人称道："人间四月芳菲尽，山寺桃花始盛开。长恨春归无觅处，不知转入此中来。"人人都知道白居易这首诗把植物与地理位置的关系阐释得淋漓尽致、活灵活现，但却无人注意白居易这首诗背后暗含的一种生活方式。古代有成就的文人包括白居易，都最是慢生活的实践者。因为他们有文化自信和成就自信，因此他们能够心安理得地向往和实践一种悠然而享受的慢生活。这不是说他们脱离群众、远离基层，而是说他们回到了文学发生时的那种情境：文学是衣食无忧后的抒情。白居易们享受的这种生活，也是当下人人愿意体验、愿意体会、愿意实践的生活，是一种真正柔软舒服的生活，是人生和人类的终极生活。

6. 宋朝诗人刘敞在《桃花》中写桃花，又是一个视角，“小桃西望那人家，出树香梢几树花。只恐东风能作恶，乱红如雨坠窗纱。”这说的是春天的天气。春天在我们的盼望和直觉里，总是春暖花开的，当然这是一种部分错误的判断。在江淮、黄淮流域，每年不但仲春时节还常穿冬衣、盖冬被，甚至寒流来袭时，晚间上床开一会儿空调，或开一会儿电热毯暖和暖和，也是免不了的呢。

7. 清朝袁枚有一首《题桃树》的诗，写桃花道：“二月春归风雨天，碧桃花下感流年。残红尚有三千树，不及初开一朵鲜。”碧桃是什么？或碧桃是什么桃？碧是青绿色，青绿色的桃？或青绿色的桃花？显然有些费解。碧桃或是桃树的一种，这种桃树就叫碧桃，就像我们现在常说的黄桃、磨盘桃等等。又或者碧桃是观赏桃树的总称，现在各公共绿化带或小区常见它的身影，它主要用自己的花来丰富和点缀人们的生活。如此却还是不能断定袁枚诗里“碧桃”一词的确切

指向：是一种桃树的名字，一种观赏桃树的称呼，还是其他？时过境迁，许多事过去了就在某种程度上成为未知了。真令人惆怅。

8. 仲春时节的草事、花事，真的已经很繁盛了。下午在暖阳下去的湖岸边，就能看到低山里的桃树粉花灼灼，开得正盛。桃花附近还有一株棠棣，既长出了叶子又开出了白花，也煞是好看。丘陵上的油菜花已经开到了腻，但却正是我喜爱的，敞开胸怀吸个通透，心中的痛快难以言表。浅水里蒲草一片片冒出了新芽，去年的枯叶正在腐烂，这就形成了一种合理的循环。湖水此时是一年中最低的水位，远处仅有一艘货船驶过，看不见渔船的身影，虽然禁渔是正确的，但风景却大打折扣，倒不如有关部门出资租几只渔船泊在水中，既把资金做了分配，也满足了人们赏景的要求。

9. 湖湾公路边大片紫荆怒放，形成震撼心灵的花海，但那是人工的园林，虽然我也喜欢，但却不敌我对野趣的喜爱。我喜欢湖岸山坡野桃树开花的那些地方，那些地方最为僻静，也似乎更加放松和有趣。在那里，猫眼草长得十分旺盛，当地人称作为三花菜的一种野菜也开出了淡粉色的小花，野荞麦早早打出了花苞，过不了多久就要开花啦，野豌豆大片大片，长得最为繁盛，看上去它们鲜嫩多汁，是那种可口的样子，开着玫瑰红的花朵，娇艳可人。由此我想成了两个句子，叫做“能闹虽为才华，能静才算本事”。本事一词是俗语，才华一词更文雅。按照一般结构法，雅对雅，俗跟俗，应说“能闹虽为本事，能静才算才华”才更合常规，但我有意将两者换用，这说明我并不完全排斥俚俗之事，在某些场景中甚至还高看一眼呢。

10. 唐朝诗人刘禹锡写桃花，是写一种扬眉吐气，也是写一种不凡和自负。他在《再游玄都观》中写道：“百亩庭中半是苔，桃花净尽菜花开。种桃道士归何处，前度刘郎今又来。”中国古代的官员都有文化，文人也大都做过官，因此文学与权力的结合，形成了中国古代文人固有的人格：既家国情怀，又孕慈念爱。当然这对矛盾体不容易协调、整合、相向而行，因此许多文人仕途失意，而文境有成。仕途得意而文境有成那是大师，仕途得意而文境平平那是官员，仕途失意而文境有成那是大才，仕途失意又文境失意那就是平凡了。平凡也有平凡的好：做一个人间的看客，只要有心，也会采得许多欷歔与心得的。

11. 话说那一日看完深红色的桃花，我们接着往河边走，我想再去看一看河堤上的春色，再去看一看河滩上的春草。前行到了河堤上，左转前行，走不多远，看见路边停着一辆摩托车，一位戴头盔的中年人正蹲在河堤上的稀树林里挖野菜。挖野菜？这可是我们春天里最想做的事情呀！我们的车已经开过去了，我赶紧停车，倒回去，熄了火，两人下车，到那人身边请教道：“这是挖野菜吗？”那人抬头笑着说：“本来想来钓鱼的，钓不到，看见这里有野菜，不如挖些野菜回去吃。”我问：“这是什么野菜？”他说：“这是蒲公英。你看，这里开黄花的都是。”他用手指了指附近。果然，河堤上和小树林里，到处都是正在开黄花或正在鼓苞或打算鼓苞的蒲公英。

“啊，啊，是呀，是呀，这就是蒲公英呀！”我们惊奇地叫起来。蒲公英以前都是认识的，甚至种过的，我母亲以前在她的园子里种蒲公英，她说蒲公英清热、去火、败毒，所以在园子里种了许多，用来煮水喝或做菜吃；蒲公英结了种子后，她还给我带了许多种子，让我撒在自家的园子里。但多年不见，记忆就淡漠了，只有遇到相应的契机，过往的记忆才会被激活，曾经的一幕才会重新显现。

“啊，啊，是呀，是呀，这就是蒲公英呀！”我重复着自己的话，其实是在一瞬间想起了许多往事。“那我们也来挖一些。”我们从后备箱里取出袋子和铲子，开始挖正在开花或打算开花的蒲公英。“蒲公英怎么吃呀？”夫人边挖边问。“煮水喝、焯一焯做菜吃、包饺子，都可以。”那位戴头盔的中年人说。稀树林里去年落下的许多树叶已经腐烂了，那里正是蒲公英生长的好地方。稀树林旁流雨水的小沟，里面不仅堆满了腐烂的树叶，还有许多雨水经过时留下的有机物，土壤暄软，那里的蒲公英长得更肥更嫩，说是刚上过化肥催生的都有人信！我们挖呀挖呀，挖呀挖呀，不停地挖呀挖呀，蒲公英好像挖不完似的。挖完一棵，附近又出现两棵；挖完两棵，附近又出现五棵；挖完五棵，附近又出现八棵；挖完八棵，附近又出现无数棵。哇哇，发财了呀！发财的感觉真好！拾到宝贝的感觉真好！童话般的，那么神奇！这期间，至少有五辆经过此地的小车停下来，从车上总有人好奇地下来问我们在挖什么，又问我们蒲公英怎么吃。这里的蒲公英都是野生的，又不是我们种的，有福同享，我们没必要藏着掖着，于是一一回答了他们。

挖了一袋子蒲公英之后，戴头盔的中年男人和我们道别，骑上摩托车走了。我们接着挖，眨眼间就挖了一大袋子蒲公英。我们觉得差不多了，不能把一个地方的蒲公英挖完了，还得留一些开花结籽呢。我们收拾收拾，兴奋地上车离去。一路沿着河堤走，一路兴奋地谈论着挖野菜和蒲公英的话题。我们一致认为，此次看桃花的最大收获，无疑是有缘挖到了梦寐以求的野菜，无疑是无心无意做成了挖野菜这件事，享受了一次高质量的郊游。河流曲折，河堤时而上，时而下。想什么，见什么，这时我们时常会看见河堤上一片一片开放的蒲公英，而这是以前从未注意到的。我们看见刚才停车问我们挖什么的一对夫妻，他们也把车停在路边，正各自埋头挖开黄花的蒲公英呢。这种事的传染性也是够快的。在河堤上走了十几公里以后，我们惊讶地看见河对岸一片开阔地里，那位戴头盔的中年男人正在那里埋头挖蒲公英。哦哦，是我们把他挤走了吗？并不像。不过，人总是想单独占有一个或大或小的空间的。有的人希望相互之间的空间大一些，这样更自在些；有的人希望相互之间的空间小一些，这样更亲密些。都是不一样的。

不几日后，为了挖蒲公英我们按捺不住又往河流那里去了一次。那是一个雨后的晴日，地点是在上一次挖到蒲公英的河流的下游地带。在路上时我们一直担心没有行家的指点我们是否能找到蒲公英，或是否还认得蒲公英，但到了视野开阔、空气新鲜的无人河堤上后，一切疑问都被证明是多余的。河堤上长满了开黄花的蒲公英，这里一片，那里一片。我们跳下车，抓起铲子和小竹篮，各自找到心仪的地方，埋头挖起来。这里的蒲公英更多，比那天见到的蒲公英还要多好几倍。我们一刻不停地挖呀挖，挖累时伸直腰看往河流的对岸和河流的上下游，心中有一种很原始的感觉在荡漾。我们打开后备箱，把挖来的蒲公英一篮子一篮子地往里倒。做这种事的感觉实在太类似挖到无人认领的财宝了，把挖到的财宝倒进仓库，充满了大丰收的喜悦。

挖来的野菜当天都会迫不及待地做来品尝。中午搭配一点牛肉来炒，略略有点苦感，这正可满足吃点苦的需求。晚上则用开水焯一焯，加上切段的蒜苗、精盐、麻油，特别要加醋，拌成凉菜，清鲜爽口，再多也不会腻。剩下的蒲公英，夫人把它们放在竹篾里晒干备食。晒了几个小时太阳后，蒲公英的叶子都干了，却没想到，原本裹得紧紧的花苞，一个个都开放了。在有风吹过的时候，它们那些著名的小白伞见了风，便乘风而上，带着一粒粒黑色的种子，飞向了城市的角角落落。哦，这是我们起初完全想不到的。让它们见缝插针，占领城市里的那些隙地吧！这样，到下一个春天，我们在城市的某处见到精神抖擞的小黄花，我们就知道那里已有蒲公英正在开放啦！

观察小麦的121个视角

1. 早熟品种

4月16日，沱河集东边的村庄外，有一块地的小麦已经抽穗了，这可能是早熟品种，不然不会有这种情况，季节还早着呢。

2. 沱河的河滩

沱河的河滩上种满了冬小麦，一条便道拐下河堤，在河堤与麦田之间向西蜿蜒。河水宽阔、平静、弯曲，河里的水草、河对岸的小麦、杨树和河堤上偶尔驶过的摩托车，都看得一清二楚。

3. 阳光暖热了

10点多太阳已经十分暖热，真是难得。开始返青拔节的麦苗正抖擞精神，迎接春暖的到来。要知道此刻才是4月中旬，寒流还频频来袭呢。

4. 中午的暖意

中午的暖意越来越浓厚地笼罩着平原、河湾、河滩、麦地、田埂、较远处的村庄、白花花的麦田小路。一点凉意都不存在了。

5. 紫白花羊

堤坡上有一群紫白花羊，一位老年男人拿一根羊鞭，靠在树上看羊们吃草。河水里响着蛙声，季节比江南晚了半月。对岸河堤上杨树绽放出了青绛色的小嫩叶。

6. 省道的方向

小麦半米高了，大麦已经抽穗，远远有汽车笛声贴着麦梢隐约传来，告诉你省道的方向。

7. 棠梨子树白花如云

河湾坟冢旁有一棵巨大的棠梨子树白花如云，为坟冢遮风挡雨。许多蜂子围绕这个巨大的花团飞舞，天又晴得好，真是奇观。堤外鸡鸣狗吠声隐约传至。坟冢先人的后代一定仍在这个村里世代繁衍。

8. 啥汤配锅贴子

县道和乡道交叉处有一间早点店，房间很宽敞，食客也不少，来了走，走了来，都是附近出体力的人，还有开小四轮运石灰的人。我要了一碗啥汤，里面打了个鸡蛋，又放了些胡椒粉，配上几个锅贴子，

美不可言。

9. 天然的

河道弯曲。

弯曲的河道一定是天然的，笔直的是人工河道。

10. 白花花的路

土质河堤上被行人踩得白花花的路，一会儿在河堤上，一会儿下到河滩里，一会儿下到河堤外，一会儿又去接近村庄。

11. 风忽然很大

下午忽然风很大，旷野上更大，但已无寒意，反倒吹出人意气风发的模样，麦苗柔软，随风起伏。

12. 燕麦不能吃

一个中年妇女从抽穗的麦田里拔下来十几棵穗子被长叶包裹的“麦”类，放进自行车前筐里准备往村里去。她说那是燕麦，不能吃，可是又没时间到地里来拔。

13. 泡桐难以见到

4月底，泡桐树正在开花。泡桐花有一种特别的香味，一下子就唤起我30年前的感觉了。但现在泡桐树已经难以见到，河堤上是杨树的天下。

14. 青麦挤在一起

青麦拥挤在一起，要晃就都晃，要不晃就都不晃。沉甸甸的。

15. 傍晚的村头

傍晚村头有一对夫妻在炸油条。靠路边支起一口大油锅，铁桶炉里烧着木柴，炉旁停着一辆农用三轮车，三轮车档扳放下来，车厢就是大案板，男人做油条，女人炸油条，路过的电动三轮车主，妇女小孩，常有人买。咋卖的？5块钱一斤。不零卖？不零卖！男人对女人和买油条的路人说，城里还1块钱1根来。只好作罢。

16. 本来面貌

村庄里农家的家门口常有年轻女孩坐在小板凳上奶孩子，在城里见不到这样的情况。在乡村更容易看到事物的本来面貌：人首先是生物，然后才是人。人类就这样一代代延续下去。

17. 诚恳

前方在修路。绕到村道上，在村口向一位老农问路，他告诉了我。我正要前行，他又诚恳地追加了一句："就是路不咋样啊。"那口气，好像路不好是他的责任，他深感对不住我似的。

我心里感动得不得了！

18. 喷雾器

麦地地头的树下停着一辆电动三轮车，车厢里放着喷雾器，一位中年妇女在车旁整理东西，好像要准备回家。我问她，现在喷雾是打药还是施肥？她说，是打药。我又问她，打什么虫？她说打腻虫。我说，就是麦蚜虫？她说，青腻虫。我说，你家有几亩地？她说，有十来亩。我说，那怪辛苦的。她说，也快。我说，可得一两天时间？她说，不要，俩小时。我惊奇，咋恁快？她说现在喷雾器都是电动的，又不费劲，以前是人力按的，才累人。我说，用电池的？她说，用电瓶的，在家充好电就好了。

我赞叹着离开了。

19. 雾气挺大的

五一假期，一大早，才5点多钟，麦田里的小河边就有许多人在钓鱼了，坐成一排。这时候雾气挺大，麦田里、小河上、菜地里，都湿漉漉的，连附近村庄里公鸡的打鸣声都湿漉漉的。

20. 左手持竿的人

河边钓鱼的人有了点小动静，有个用左手持竿的人钓上来一条将近半斤重的鲫鱼。但小涟漪很快平静下去，麦田里只剩下自然界的背景音。

21. 十分钟后

十分钟后，左手持竿的人又钓上来一条半斤重的鱼。

没有办法，今天的运气在他那里。

22. 小块菜地

麦田里有小块菜地。芫荽正在开花，带白带红的花；大葱在开白色的花，萝卜也在开白色的花；大蒜长出了蒜薹；生菜鲜嫩；蚕豆长得很高，结出了厚实的荚；豌豆长得很矮，结出了秀气的小荚；苦菊开始发棵子了，黄花菜在地头长成一排，一丛鸢尾开着深蓝色的花，十分梦幻。

23. 芍药地

大片的芍药地，这一朵，那一朵，开着白白的花，很是好看。还有几十位妇女，排得不太整齐，在芍药地里劳作，很是壮观。但离得远，看不清她们在干啥活。

24. 很大的白鸟

5月1号，早晨7点多一点，天亮了一些，但太阳还没出来。一只很大的白鸟独自在麦田下面的河岸边低头觅食，偶尔它会跳起来，又跳起来，不知道为什么。

25.可怕的网

河面上张了一张百十平米的网，真可怕。

26.上化肥

一位中年妇女带着两个水桶和几个长出了秧苗的黑色塑料“钵”，在河滩麦田和河堤之间的荒地上移栽那些秧苗。她说种的是毛冬瓜，成活后，上点化肥，就行了。一定要上化肥吗？哪有不上化肥的！不上化肥，它咋能长？小麦也得上化肥！

27.小姑子还是小姨子？

在逢集的集市上好几次看到怀孕的年轻女孩，挺着大肚子，由另一个年轻女孩陪伴着，兴高采烈地逛街。陪伴她的女孩是谁？是丈夫的妹妹小姑子，还是自己的妹妹小姨子？小姑子的可能性似乎更大一些。

28.香椿头

路边靠近大片麦田的地方，种着一小片矮香椿，有一位妇女在采香椿头（芽），这在城里卖得很贵。

麦田里还有一小块菜地，种着包菜，苦菊，还有莴笋。

29. 大麦

大田小麦的外围有一些大麦，已经快要成熟了。大麦的麦芒比小麦长，成熟期比小麦早半个月，个子也长得比小麦高。

30. 最后一缕轻雾

8点钟，太阳完全出来了，最后一缕轻雾，在麦田里萦绕着，无声无息地消散了，啥（雾气）也看不见了。

31. 黄亮亮的油馍

小镇外的早点是黄亮亮的油馍、香喷喷的豆浆、辣乎乎的萝卜干，真好吃。

32. 麦田里的香气

麦田里有一种香气，却看不见香气的来源。是刺槐花吗？刺槐就是在4月下旬到5月初开花的，以前整个河堤都是刺槐树、刺槐花，但现在很难见到刺槐了。

33. 和父母说说话

从麦田中间的路上马山，在墓区东三区十一排，坐在父母面前，和他们说说话，摘了一捧山坡上的野花给他们闻一闻那种暮春的香气。山并不高，暖阳照耀，从这里能看见平原上所有的麦田。

34. 就是专门来和你们说说话的

我就是专门来和你们说说话的，说说天气、晴雨、家常、穿衣、吃饭、爸爸送我的袜子还穿在脚上、妈妈送我的古典名著还放在床头。没有别的事，就是专门来和你们说说话的。告诉你们一些日常的事情，听听你们的声音，把眼泪咽进肚子里，面露笑颜，在你们熟悉的小麦拔节抽穗的季节，来和你们说说话的……

35. 杨树的哗哗声

麦田倚山面阳，一辆车经过后，就只剩下风翻动杨树叶子的哗哗声了。这和30年前有什么区别?

36. 麦浪缓缓向上

山坡上的麦浪缓缓向上，我听见它们有分寸的推挤悄闹声。

37. 牛的哞声

阳光下麦原中的村庄显得十分氤氲，偶尔有牛的哞声传出很远，音质浑圆。

38. 他们都还在我身边

他们都还在我身边，还在麦田里走路，还在附近说话，我分明能听见他们熟悉的口音，能感受到他们的气息，他们永远不会离去，一直都在我附近的地方坐卧起息。

39. 只要你怀念

我一直都能感觉到他们的气息，也许那不是来自他处，而是来自我的内心，来自我自己的身体，风吹不散，雨打不灭，霜冻不去，暑蒸不掉。只要你怀念，你就能得到。

40. 但请不要叫醒他们

但请不要叫醒他们，给他们充足的休息时间，给他们宁静的环境，给他们安稳的空间；给他们暖暖的春阳，一点寒冷都不要；给他们一些闲暇，给他们清淡的饮食，早睡早起的睡眠，但请不要叫醒他们……

41. 所有的花朵都有香气

大片麦原里的香气再次隐隐传来，难道是小麦在扬花开放？现在我相信，世界上所有的花朵都有香气，只是我们不能静心欣赏。

42. 七星瓢虫

青麦穗上有一粒红底黑斑的七星瓢虫，看样子打腻子的农药没能伤害到它，真幸运。

43. 风是蠓虫的动力

越接近中午，风越大，麦田的边缘有许多小蠓虫在风中飞舞，风好像是它们的动力。

44. 民间树

越是偏远的村庄附近，越多见到泡桐树，如果把全国无所不在的大面积种植的杨树称为官方树，把泡桐等村民自主种植的树种称为民间树，不知道对不对。

45. 大棚

麦田边缘靠路的地方，有几个白色塑料大棚，里面种满了西红柿，大棚里的产量一定很高。

46. 种花生

麦田里有十几米宽、一百多米长的地，用塑料农膜分5行盖起来了，我猜测种的是西瓜，不过一位骑摩托车的黑汉子说种的是花生。那这成本不就提太高了吗？黑汉子说，现在都这样种，花生卖得贵。

47. 卖“馒头、花卷、饹馍”

卖“馒头、花卷、饹馍”的电动三轮车从我身后的村道上过去，车上的小喇叭有规律地吆喝着，越走越远。

48. 两个妇女讲话

村里人家门口有一位妇女在挖菜地，另一位妇女抱着孩子站在旁边，她们俩讲话，一个说：“小舅子羔子就喜欢打野食。”另一个说：“早晚他得掉爪子。”

49. 暖洋洋

梨树在阳光照晒下，都略垂着叶子，显得暖洋洋的。虞美人在菜园篱笆外红艳艳地开。

50. 家门口的柿子树

黄庄村家家门口都种了一棵柿子树，不知道有什么讲究。

51. 桃树和杏树

野外的桃树一棵都找不到，更不用说杏树了。

52. 一声不吭

村道上有两个老年人，其中一个在路中间拄着拐杖，走得很慢，我过不去，就一声不吭慢慢跟着他走。后面好几辆村里的电动三轮车超过去，都好奇地看着我。终于前面路边大树下几位老年妇女看见了，大声叫拄拐杖的老人靠边。“你不按喇叭他哪能听见！”她们七嘴八舌地说。

“我怕惊吓到老人家。”

我在乡村一次喇叭都不按。这里是人家平静生活的家园，我又没有急事，不可以无缘无故惊吓到乡村的主人。

53. 麦田大量吸收热量

僻静乡村麦田里的河流长满水草，蒲草长势青葱，野鸭不时叫一声，青蛙不时鸣一声，远处高铁列车通过时传来一些震动声，近午的麦田正在大量吸收热量，准备成熟。

54. 季节较晚

大片麦田里，少量油菜花还在开花，淮北的季节比江南晚了许多。

55. 不是好东西

又有一位妇女在麦田里掐燕麦。“燕麦不是好东西吗？城里卖得很贵呢。”“燕麦哪是好东西！不是好东西！”

这到底是咋回事呢？？？

56. 忽然想到

忽然在麦地里想到一些有益的句子：

从蓝天上能听到你的歌声，从麦田里能读到你的心情。

遵从内心的呼唤，响应原野的号召。

简单的生活并非等于一无所得，喧杂的人生也不一定就意味着丰硕的收获。

57. 在电动车上玩自拍

乡道上过去一对骑电动车的青年男女，他们在车上玩自拍，男的在前面骑，女的坐在后面，一手搂着男孩，一手用手机拍两人。我佩服他们。

58. 十分热辣

正午晴热。青麦拥簇的乡道边的空地上用几根竹竿撑起了一个蓝棚子，棚子下放了几张条桌，条桌上摆放着水果、食品、日用品。一位少妇，戴着大墨镜，穿着短衫短裤拖鞋，坐在桌后，面对乡道，视察每一辆通过的车和走过的人。她十分热辣，但这里又不是集镇，她这些东西卖给谁？我十分不解。

59. 腋毛浓黑

我想起上一年热天在这里看见的一个少妇。

一位穿背心、腋毛浓黑的少妇，带个小孩，坐在村道的十字路口等人。她腋毛浓黑、天真无邪、遵从生命的那种状态让我震惊，我禁不住极其仰慕她。

我要和她繁殖！

60. 一只斑鸠

一只斑鸠站在正午被晒热的马梨园乡道中间，昂首挺胸的，歪着头看，又侧着头看我，我停在离它四米处，直到它踱到路边的麦地里了，我才慢慢过去。

61. 越走越细

一条路越走越细，走到几家大树掩映的农户门前，路就尽了。这几户人家门口有平坦的沙土地场子，周围是一些粗大的杨树，杨树四外都是青麦地，一望无边。

62. 老绿和嫩绿

村道两边，西边麦田老绿，东边麦田嫩绿，这是为什么？可能品种不同，或播种有早晚？

63. 小镇上的羊杂汤

小镇上的羊杂汤真好吃。晌午时分，正对小饭店的门坐，能看见外面演艺大篷车花花绿绿地驶过。羊杂汤多放些红彤彤的辣子油，就着刚出炉的缸贴子，吃得有点冒汗，真爽快！

正宗的美食，都在乡下不起眼的地方。

64. 地方戏真好看

当地电视台每晚争相播放当地的戏剧曲艺。我分不清戏种，大概有泗州戏、坠子戏、梆子戏、淮海戏、大鼓书、扬琴戏等。我每晚都兴致勃勃看到深夜眼皮实在睁不开为止。

地方戏真好看。

65. 泡桐花落了一地

一夜风吹雨打，麦田边粉白色的泡桐花落了一地，麦田却更显饱满，撑得向四方膨胀。农户门口的槐树、柿子树叶片鲜嫩，惹人喜爱。

66. 非要出去玩

雨停了，一个小女孩非要出去玩，于是爷爷背着她，走到村头看麦田，小女孩就安静了。

67. 极少数麦子倒下了

昨夜的风雨看样子不小，麦田里有极少数麦子倒下了，不过天晴后稍微扶持一下，不影响它们的成长和成熟。

68. 麦田里的路下不去脚

浍河流域的大片麦田展现在眼前，我内心十分冲动，想下到麦田的小路上走一走，但是尝试了一下，麦田里的路太烂了，脚下不去，只好收回这个想法。

69. 一个很有味道的地方

有一个地方很有味道：大片大片的麦田有一点隆起，一条陷在麦田里的小河流曲曲折折地伸向南北，与其说它是河流，还不如说它是连续的条状的湿地，河流里水很浅，但并不污染，河道里的芦苇正在一片一片地拔节，显得格外青绿；一群白羊从麦海深处游来，由于看不见它们脚下的路，所以看上去它们就像在绿色的麦海中游动似的；几个老年人坐在麦海里的工作桥上悠然地聊天；湿地河到底通往哪里，我想知道但却没法知道。

70. 终于见到了刺槐花

终于在村头一户废弃不用的旧房子前后看到刺槐树和刺槐花了。房子是砖土混合房，墙体开裂，摇摇欲坠，房外和院里杂树丛生，已经被主人遗弃很久了。房外是一棵粗大的刺槐树，高处还有许多白花。院里的几棵小刺槐树伸出院墙，虽然开花不多，但也有近10串白花呢！我怀疑它们是潍浍平原仅存的刺槐树了。

71. 麦秸草帽

在乡村超市看到有麦秸草帽卖，赶紧给老婆打电话问她买不买，因为她明确指示过，在乡下看到有草帽卖，一定要是麦秸编的，就给她买一顶：在城市的楼上菜园干活时戴，能找到旧生活的感觉。6元一顶，立刻下手，买了一顶。

72. 风呼呼有声

浍河附近的麦原真是广大，村庄也稀疏些。我终于可以走进麦原里了。阳光时隐时现，风吹得呼呼有声，周身是凉爽透彻的爽快感。

73. 野牵牛

麦田边长着一些野牵牛，开着一朵朵下部洁白上部粉红的花。我摘一朵揉在左脸长出的脂肪疣上，一个朋友告诉我这个偏方可以治脂肪疣。

74. 虞美人红得特别正

一户农家的菜园子里除了大蒜、大葱，还种着茴香、葡萄。虞美人在菜园篱笆外红艳艳地开，红得特别正。我想起来路上有一段省道，旁边几公里连续种着虞美人，娇艳欲滴的样子，看着特别惹人怜爱。

75. 麦笛子的歌声

清晨的空气中弥漫着麦笛子的歌声，麦笛子是淮北平原小麦生长季节里一种十分活跃的小鸟，几十年来我只能听见它们在天空中的歌声，却一直看不见它们的身影。

76. 泥鳅喝饼子

乡集上有个小饭店叫“泥鳅馆”，柴禾土灶烧的泥鳅喝饼子（贴在红烧泥鳅锅里四周的死面饼）一定非常好吃！

77. 大雾弥漫

大雾弥漫，平原上啥都看不见了，麦子们一定在尽情地吸收雾珠水汽、天地精华。

78. 寂静

呱呱，一声蛙鸣打破重雾中的寂静，尔后，一切又归于寂静。

79. 豌豆稀饭

乡镇上早点店里干净清爽，老板端来一碗豌豆稀饭。

“俺自家地里种的豌豆，拣几个实诚的摘来熬稀饭。”

热乎乎的豌豆稀饭配上芝麻烧饼，香上加香。

80. 刺槐花

乡集上有一位妇女卖一小堆刺槐花，让我吃惊，这说明浍河附近还有另外几棵刺槐树。

“在开水里氽个猛子就捞上来，晾干炒鸡蛋吃。”

心里特别期待。

81. 嫩芦苇和黄鳝

洼地里的嫩芦苇都长起来了，初夏的两场雨过后，在地下冬眠的黄鳝也会在浅水底打个洞钻出来，并且在洞口里狩猎，捕捉水生的小鱼小虾和小昆虫。

82. 槐树叶和楮树叶

一位瘪嘴没牙的老婆婆在屋后扯树叶子，一种是洋槐树叶，一种是楮树叶，她说楮树叶人不能吃，都是喂羊的。

83. 孤零零的农家

村外麦海里有一户孤零零的农家，两层小楼，门前的水泥平地旁，种着一大片开梦蓝花的鸢尾、开大红花的虞美人、开各色大花的月季。这户人家在乡村很特别。

84. 半小时走到头

连片的麦子，要用半个小时才能走到头，湖水般平的麦地里，只有一棵老柳树，高高在上。

85. 过于饱满

整个麦原显得过于饱满，鼓鼓囊囊，仿佛要向四面八方撑开来一样。

86. 向顺风的方向倾斜

湖边的风很大，不但麦原被推向顺风的方向，所有的树、草本植物、水里的荷叶，都向顺风的方向倾斜。

87. 起飞的大鸟

麦原已经不是十天前的厚绿了，麦原变得半黄半绿。一只从麦地里起飞的大鸟，打算逆风飞行，但被大风死死抵住。短时间里，它就像直升机那样悬停在厚重的麦原上空，角力一直在进行。后来，大鸟缓慢地上升，上升，消失不见了。

88. 草莓秧

大量的草莓秧被农人从大棚里拔起，扔在路边，慢慢死亡、腐烂了。半月前，它们还被重点保护，结出通红的诱人果实。这是天地的规律。

89. 大幅度晃荡

村庄外的风很大，树都大幅度但很劲道地晃荡。公鸡打鸣的声音也被风推得大波浪般起伏。一个穿皮夹克、打赤脚的男人，提着一个盛有盖篮底的小虾的竹篮子，从泥泞的小路上走过去。

90. 洋姜、蚕豆、白蝴蝶

村头麦田边一片洋姜异军突起，叶子毛茸茸的。蚕豆饱满成熟，少数发黑待摘了。附近一丛杨树被风吹得涛声响亮。白蝴蝶只能在野草花的梢头舞动。

91. 一个壮汉

一个壮汉赤裸着上身在拔去了草莓秧子的塑料大棚里用手扶拖拉机耕地，大棚的地头放着一个中型收音机般的物件，播放着当地的戏曲。棚底地窄，他很有些施展不开的样子。

92. 老人了

村口一户人家的门外搭着几顶红帐篷，几个穿红衣、披红布的男女从村里走到红帐篷底下。路上一位开小三轮的青年妇女说：那家老人了，穿红衣的是孙子辈，穿白衣的是儿子辈。

93. 地利之便

靠近湖边的小麦下面的叶子已经黄了，因地利之便，它们可能会先黄先熟。

94. 风越刮越大

太阳越升越高，照在身上甚至有点热辣辣的感觉了，风却越刮越大，少数杨絮四处飘舞。

95. 穿裙子的女孩

村道上，一位穿裙子的女孩打算坐上男朋友的三轮车，但是大风不但把她的裙子吹翻至上身，还吹得她寸步难行，她尝试了几次上不去，只好等大风稍减。

96. 麦田里的小学校

麦田里有一座飘着国旗的小学校，一阵下课铃声响过之后，大风中飘来悠扬明快的乐曲，整个麦田都显得朝气蓬勃了。

97. 嫩青的芦苇

乡道右侧、麦田左侧，有一片长条形的湿地，湿地靠路的地方长着一人高嫩青的芦苇，大风把所有的芦苇都吹伏向乡道，路过的人和车都只能靠左侧三分之一路面通行。此次大风过后，嫩青的芦苇们就“成熟”了。

98. 被麦海半淹没

麦田的面积太大，又过于迫近村庄，因此村庄里的农舍都只露出屋顶，就像被麦海半淹没一样。

99. 围绕着乡道

乡道边建起了不少农房，农房都有路接到乡道上，妇女和老头们骑着电动三轮车把孩子送到乡道旁的学校里，喷农药的人把装运喷雾器的电动三轮车停在路边，乡村的许多事情都是围绕着乡道进行的。

100. 露水还留在麦芒上

太阳升起的时候，一点风都没有，面对太阳看过去，已经泛黄的麦原上白花花一片，那是夜间下的露水还留在麦芒上。麦地边一片一片

蛇麻花，开着大朵的白花，长得比一个少年还高。因为没有风，已经发黄正在香熟的麦原和麦芒很久都不动弹。

101. 桃子已经下来了

桃子已经下来了，小麦开始黄熟了。太阳已经升起了，露水忽然蒸发了。心情慢慢舒展了，脚步开始轻盈了。靓女集上购物呢，天气转热回家了。

102. 背阳的地方

老奶奶坐在背阳的门口，静静地看着路对面的麦田；一位中年男人脱下一只灰色塑料拖鞋，坐在拖鞋上面，专心致志地摆弄一个小机械。门口的地面很平，就是原生态的土地面，夏天坐在上面很凉爽。屋影正慢慢缩小，阳光占据了更多的空间。老奶奶已经走过了魅力四射的时光，她变得越来越平静。阳光正在收服一切。

103. 原野愈加安详

麦原中间的池塘边长着几棵大杨树，大杨树下的小麦和油菜比周围晚了很多，现在还青青的，正在灌浆呢。一位从集上返回的小电动三轮车，电喇叭一路招呼着“卖千张豆腐”，不急不缓地驶过去，车厢里还剩下几块在集上没卖掉的豆腐。太阳越升得高，原野里越安详。

104. 村委会门口

村口村委会周围都是正在黄熟的小麦，村委会门口有一大片平地，是篮球场，还有一些红红绿绿的健身器材。村委会隔壁的农家门口，一个穿黑色紧身背心、光着腿的丰满少妇，右臂揽着一个小孩，坐在门口背阳处。一位中年妇女右手领着一个小男孩，小男孩脸颊上还留着泪痕，他左手紧握一支盛开的金银花，他们慢慢地从篮球场上走过。

105. 日常生活

村里一户人家门口的鸡冠花开得很盛，紫红色的，浓艳得很，符合乡村的重口味。麦原里有几棵长在一起的石榴树开出了腥红色的花，鲜亮而醒目。两只黑色的中等体型的鸟勤劳地不断衔来枯草，在一户人家的卷闸门上做窝。这都是乡村的日常生活。

106. 共有30粒小麦

随手掐了一支麦穗，揉去麦秆，吹去麦芒和麦糠，数一数，共有

30粒小麦，放进嘴里咀嚼，是原汁原味的麦香，嚼到最后，只剩下了面筋。

107. 麦秸草帽

黄黄的麦原里有一顶发白的麦秸草帽，草帽许久不动，正在以为那是个驱鸟的假人时，草帽却动起来了。一个人直起腰，片刻，他又弯下腰去，发白的麦秸草帽又不动了。阳光越来越晒人。

108. 麦子忽然隆起

平坦的麦原上麦子忽然隆起来，那一定是个小土丘。麦原因此而有了起伏，显得很不一般。

109. 似乎碰不得

中午时分，麦原被太阳晒得干巴焦，麦穗都簇拥在一起，似乎碰不得，略一触碰，就可能会脆碎似的。

110. 世界上最小的麦地

乡道边有一块很小的麦田，大概只有两个平方米，周围都是田埂，田埂上旺盛地长着各种野草，开着各种颜色的野花，甚至还有蔷薇花，这块地的小麦差不多已经黄熟了。这会不会是世界上最小的麦地？

111. 勤劳的蜘蛛

我只在临河的麦田里待了半个小时，勤劳的蜘蛛就在车窗上结了一个简单的网，打算狩猎了。

112. 我下蛋了

一只母鸡响亮地咯咯叫，边叫边慢慢地向农户门口忙碌的人们走去，边仔细观察人们的反应。它是在向人们报喜呢：我下蛋了啊！以前人们会抓一把粮食撒在地上慰问它，但现在没有人这样做了，有时嫌吵还挥手驱赶它。它也习惯了，叫了一会儿，见没有预期效果，它就离开了。

113. 连枷

麦地边还有人用连枷一下一下地击打收割下来的小麦呢，现在这种景象已经很罕见了，都用机器了。

114. 小半岛

水边的小半岛是一块鼓突突的高地，人工收割下来的小麦一小堆一小堆地摆放在地里，远看就像一个个黄茸茸的玩具。

115. 收割季开始了

20多辆收割机浩浩荡荡沿着国道往北开，对他们来说，一年一度的收割季已经开始了。先是沿江平原，然后是江淮之间，再是淮北平原，接着是黄淮地区，再后是黄河下游平原。这就是午收的大致“议程”。

116. 有边界

省道左侧一公里处突然出现一列南北向的低山，因此公路和低山之间黄灿灿的麦田就显得十分抢眼和宽展。但这种宽展又是有边界的，在这里各个地理单元都区分得很清楚，真好！

117. 一人一半

自家地里的小麦收完了，账也结过了，收割机轰轰地开走了，这一对中年夫妻在地头收拾收拾，然后坐在地头，不知从哪里变出一个叫“羊角蜜”的甜瓜，一掰两半，一人一半地吃起来。

118. 蛇麻花一直陪伴

小麦都黄熟了，黄灿灿的，地头的蛇麻花依然开着白白的序状的花。它们从小麦拔节就开始开花，一直陪伴着小麦。

119. 沙土地上的茭瓜

沙土地上的小麦长得很丰厚。靠麦田土路边有一长条茭瓜地，茭瓜开花了，叶子碧绿，花绛红。有两个壮汉赤裸着上身在茭瓜地头翻地，干得热火朝天。

120. 你听得见

一辆深红色的收割机在浩瀚的麦田里工作，一些带麦秸草帽的农人跟在后面忙碌着。这时有许多这个时节特有的鸟鸣声一直在空中响着。听你听得着，看你看不见，想你想得慌。

121. 淮河边的小船

淮河滩地上一个男人用镰刀割小麦。许久以后，他回到淮河岸边，原来那里有一条小木船，他一趟一趟把割下来的麦子抱到船上码好，码到近一人高时，他把小麦用毛绳扎紧，向淮北划去。这是什么情况？他住在淮北，他家的地在淮南？一般不会有这样的情况的。淮南可能是他亲戚的地，更可能的情况是：淮南河滩上的地是公家的，谁先谁就种，但没有任何保障。

开满杏花的村庄

1. 唐朝诗人白居易写杏花道："赵村红杏每年开，十五年来看几回。七十三人难再到，今春来是别花来。（《游赵村杏花》）"抒发离别的情绪，有各种各样的手段，白居易以春天早开的杏花为象征物，比喻人生的变化、人与人之间、人与物之间相互关系的改变。友谊的小船有可能说翻就翻，人生的聚会也有可能说散就散。所有看似的永远可能都不会永远，所有仿佛的理所当然可能都会戛然改变。留一份情愫在心间罢，不改的是内心，改变的可能只是表面。

2. 南宋诗人叶绍翁也有杏花名句："应怜屐齿印苍苔，小扣柴扉久不开。春色满园关不住，一枝红杏出墙来。（《游园不值》）"本来好好的"一枝红杏出墙来"，千古佳句，却被诗题"游园不值"弄得有些复杂。不值就是不遇，就是机缘未合。想见的人没有见到，想遇的人没有遇见，想做的事没有做到，想叙的话也没有机会一叙，心里总有点遗憾。不约而访，历来不是官方的礼节，而只是民间的专利。不约而访，对时间观念不强的闲散人等，才最有效果；如果对方是大忙人，不约而访，只能给人家平添不便。不过，这恰是闲人雅士的便利：不约而访正是制造意外惊喜的专有程序、前提条件。见到了主人，哪里还会踌躇徘徊，隔墙见花?

3. 又有唐人写杏花道："暖气潜催次第春，梅花已谢杏花新。半开半落闲园里，何异荣枯世上人?（罗隐《杏花》）"这里的"暖气潜催次第春，梅花已谢杏花新"最合天候和物候的接替与更迭。在园艺品种尚未流行的时代，自然界中，梅花开过了，大约接力的就是杏花了。"桃花开，杏花败"，说明桃花是开在杏花后面的。李花与桃花前后脚，或几乎同时，也是开在杏花后面的，"桃花夜暗李花明（宋・白玉蟾）"，说的就是桃花与李花的承接关系。这里说的前后次第，当然是说在同一区域，如果地理位置发生了较大的变化，那就有可能发生"人间四月芳菲尽，山寺桃花始盛开（唐・白居易）"那样的情景了。"暖气潜催次第春"，把孟仲之春"说来不来，不来欲来"的羞答相描绘得活灵活现。而暖气潜催的不易觉察不仅有敏感的水中鸭先知先觉，植物界的各路大仙们也不遑谦让，它们用繁盛的花朵，表达它们对潜吹暖气的呼应，表明它们对时节的呼唤，表现它们对春光的期待。

4. 亦有诗人负面看杏花，只道："活色生香第一流，手中移得近青楼。谁知艳性终相负，乱向春风笑不休。（唐・薛能《杏花》）"物以射人，在所有朝代、所有事物上都有存在。例如老鼠，人人厌烦，又人人喜爱，烦的是它在生活中扰乱秩序、传播病菌，爱的是它在艺术中聪明智慧、憨态可掬。"一枝红杏出墙来"既是一种惊喜，又比拟人的轻浮。桃花，既红红火火，又妖艳不洁。所以文化现象只有流行与不流行，没有正确与错误；只有认同与不认同，没有高高在上与低低在下。

5. 孟春仲春之交，专门去半山半丘处访杏花。果然是“暖气潜催次第春”的时节，又是杏红柳绿的景象，不由让人胸中大快，诗意顿生。

6. “桃红复含宿雨，柳绿更带春烟。（唐·王维）”桃花开时，柳枝正绿，桃花红得鲜艳，柳枝绿得氤氲，桃柳相配，色彩跳眼，令人一望而难忘。桃红柳绿这样的成语已经深入人心，没有人会说“杏红柳绿”，这可能因为桃花都是红的，而杏花既可能是红的，大部分更可能是白色的缘故吧。因此不细细观访，就不会注意到杏花颜色的不同。

7、起初见到村旁路边一树粉红花，我不敢认为杏花，直到后来憋不住，专门下车向一对母女请益，才确认这时节开一树粉红花的，就是杏花，而不是桃花。“桃花还要迟些才开。”母女说。在另一个村庄，我和一位披着小袄、嗑着瓜子、在山路上闲遛的中年男人又谈到杏花、桃花的问题，他亦如是肯定地回答我。

8. 由此我又在一棵白杏树下想到“请益”这个词。在《礼记》中，“请益”有再次请教或进一步请教的意思，因为“益”有增加之意，“请业则起，请益则起”，向老师提问题要站起来，进一步提问题也要站起来。但现在我们用“请益”这个词，大多就是指“请教”。

9. 在我当天走过的这个区域，杏花有两种，一种白，一种粉红。在这个区域内，所有粉杏花都开得早，甚至有的已经接近开败了；而绝

大多数白杏花都开得迟，甚至有许多开白花的杏树还在打骨朵，一棵树上只有鲜见的几朵白杏花。

10. 在我当天走过的这个区域，所有长在水边的杏树都开花早，所有未长在水边的杏树都开花迟，甚至有许多未长在水边的杏树还在打花骨朵。

11、但如果有白花杏树长在水边、红花杏树未长在水边的情况出现，那长在水边的白花杏树就会开花早，而未长在水边的红花杏树则有可能花开得稍迟些。这说明地缘的力量比品种的力量更加强大。

12. 开满杏花的村庄正在修续宗谱，通往村庄的道路上用竹木搭起了门楼子，门楼子用红布蒙裹，对联曰：尊祖敬宗治国齐家平天下，立德积善先祖扬名必达邦；横批：积善堂胡氏第六次续谱告成大吉。

13. 开满杏花的村庄，凌氏正在修续宗谱，亦是红布蒙裹的门楼，联曰：流芳百代缅怀先祖创业巨祖传世泽，远接千秋激励后人繁衍名宗振家声；横批：凌氏六印堂第五次续修宗谱。

14. 开满杏花的村庄，陆续又有刘氏、周氏、包氏续修宗谱，都有竹木搭建的骑路门楼，都有红布蒙裹，都有对联横批，都有慎终追远，都有人类逃不脱的英雄祖先情结。

15. 开满杏花的村庄，村委会门前竖立大幅标牌，上书：扶贫攻坚，民心所向，民心所依，全面建设小康社会，打赢扶贫攻坚战!

16. 一树白杏花开在水边，水边有一棵金银花攀到杏树上，长出了绿绿的叶子。

17. 杏树旁边长着一棵楝树，黄黄的楝果子都还挂在树梢上。一只从未见过的山里鸟站在楝树枝上婉转地歌唱。它唱得真好听！它不停地唱。它唱唱、停停，又不停地唱。我本想下车仔细观察观察冬天的楝树和楝果，可是又怕我突然下车惊跑了正在兴头上唱歌的山里鸟。我只好尴尬地待在车里不敢动。我又想听鸟唱歌，又想去看楝树。只好呆在车里不敢动。

18. 一辆挂天津牌照的四轮农用车停在村外一棵杏树旁，一个女人带着孩子在农用车旁边玩耍。天津离这里有一千多公里，这辆车为什么会停在这里?

19. 浅水边的杏花开得盛，浅水里的水芹也长得旺。

20. 水边的萱草长出了粗壮的春叶，水边的杏树一树白花。

21. 杏树旁边一棵楮树上有一个经冬的鸟窝，鸟儿还没来，杏花兀自开。

22. 我走到繁花盛开的杏树下，昂脸张嘴敲着手机盖对杏树说：青杏，青杏，快到我嘴里来，快快到我嘴里来。

23. 低山之间有一块平地，方圆总得有数千亩大小。道路曲折地穿过低山围绕的平原。道路南边种满了小麦，道路北边尽是浅水、湿地、干枯的芦苇和蒲草。湿地的中央有一个高高的丘岗，丘岗上有一个青砖灰瓦的村庄，村庄的庄头杏花正在开放。

24. 半山腰的善缘寺传来很大声的唱经声，附近较远处都能听得见。寺外山洼里杏花开成一片白，不用说，洼地那里一定又在水边，一定又有诗的意境、画的发现。

25. 一位老者，只穿一件套头衫，快步走过县道，经过开花的杏林，上山背柴。他手里顺着一根自制的背柴工具，那是一根随手找到的木棍，木棍的一头拴着一根结实的蓝布条，这就是他自制却实用的背柴神器。

26. 一个叫石涧的自然村，这里是石头山石头房、石头院石头墙、石头涧石头渠、石头鸡窝石头梁，杏树则长在石头上。

27. 杏花石涧。只见：村外开花枝枝紧，涧里捶衣声声慢。

28. 风电的大转叶在山头上慢慢转动，杏花在山坳里鲜艳地开放。

29. 村卫生室大门向南开，一树红杏花。杏树旁聚集了一群妈妈和孩子，孩子们不时哇哇大哭。不知是春天的孩子生病多多，还是他们聚集在这里接种疫苗。

30. 县道边农家超市附近停着一辆外地牌照的低档越野车。超市门外的杏树下，一男一女对坐着说话。离稍远听不清他们在说什么。但只见那中年男人穿着讲究，头光脸亮，一边滔滔不绝地卖弄，一边左手手指挺得笔直，把烟灰俗气地弹来弹去。那少妇则听得痴迷崇拜，她阳光红的脸庞面对男神全神贯注，外人看她似乎已危在旦夕。那男人一定是位撩妹高手。

31. 乡人院中，红杏挺挺地探出高墙。乡村的意境，已经被古人发现得齐全了。

32. 山再高一点点时，杏树只在枝条上显出点点红。

33. 溪流流过的小镇。小镇上的小区回迁房沿溪而去，溪边连续生长着五六棵脸盆粗的大杏树，杏树开着粉红花。这应该是镇上老房子留下的最后记忆。

34. 小镇麻油坊：既前店后坊，也前店后花。杏花高高在上，院墙挡也挡不住。

35. 宋朝诗人志南有诗咏杏与春道："古木阴中系短篷，杖藜扶我过桥东。沾衣欲湿杏花雨，吹面不寒杨柳风。（宋·志南《绝句》）"作者对春天的感受独一无二，对春天感受的表达令人慨叹！杏花开放时节的春雨，难道不是欲言又止、半遮半掩？杨柳吐芽时分的春意，难道不是寒意渐消、热力未至？

36. 又有北宋词人宋祁写杏花写得好："东城渐觉风光好，縠皱波纹迎客棹。绿杨烟外晓寒轻，红杏枝头春意闹。浮生长恨欢娱少，肯爱千金轻一笑，为君持酒劝斜阳，且向花间留晚照。（《玉楼春·春景》）"人人都觉"红杏枝头春意闹"闹得好，我却想知道为何是"东城"渐觉风光好，而不是"西城"渐觉风光好，或"南城"渐觉春光好。东城得风气之先，南城不更会得风气之先？这里的东城，或真的是词人生活会友中的东城？或只是词人的一种偏好？或承袭古代传统？或仅仅是一种习惯和象征？如果不成为考据派，那就没有关系了。春风只在园西畔，荠菜花繁蝴蝶乱；小桃西望那人家，出树香梢几树花；东、西、南、北、上、下、左、右这些词，表达的只是方位。虽然，方位也携带着文化的内涵，但只要心里愉悦，那就好上加好了。

四

与我们同在的生命

我离开霾雾浓锁的城市到乡野去

我离开霾雾浓锁的城市，开车到乡野里去。

现在城市里起了雾障，但已经说不清是雾，还是霾了。但一般而言，往乡下走得越深，眼里的迷障就越少，眼界就越清爽，心情就越明朗，思绪就越清晰，道理就越明白。往往走着走着，激动人心的想法就出来了，百思不解的问题就解开了，事情的对策就明确了，该做的事情就知道怎么做了。几十年以前，我就喜欢下乡，有时候步行，有时候骑自行车，有时候乘下乡的农客。但那时候去乡野，主要是寻求一种个人的自在，追求一种个人的独处，完善一种个人的修行，塑造一种个人的操守，梳理一种个人的思路，沉淀一种个人的品质，主张一种个人的清静。现在喜欢下乡，除了上述理由外，还是为了某种逃避：逃避喧嚣，逃避杂乱，甚至逃避雾霾。

这一次，除了上述所有理由外，我还迫切地想看看仲冬的乡野的土地上，是不是已经有性急的野草早发了，是不是有心乱的野花早开了。

葱绿的野草其实一直在偏荒的河坡野埂上生长，但早开的野花却一直觅而不见。这就是仲冬乡野的一种现实。也许野花总是要与春风、蝴蝶互动的吧？

乡野的阳光是明亮、和暖的。在面湖的一处崖顶上，紧靠树干坐下来、身下是干软的草地，身前是绵延的湖水，空中是发白的太阳，这是一个真正惬意的时刻。从车上取来自带的书翻读，读到北宋王安石的词《渔家傲》，不由便有几分会心的微笑。王安石这般写道：

平岸小桥千嶂抱，柔蓝一水萦花草。茅屋数间窗窈窕。尘不到，时时自有春风扫。

午枕觉来闻语鸟，欹眠似听朝鸡早。忽忆故人今总老。贪梦好，茫然忘了邯郸道。

山光水色，小桥溪水，花草茅屋，春风语鸟，酣睡贪梦，心无牵挂，真个是一种充实康健的闲适！常见有钱的人说挣完钱后就去旅游，又有忙乱的人说忙过了就去读书，却很少听到有权的人说失了权后再去休闲。可见钱可以不挣，工作可以不做，权却难以割舍。只有文士最知道享受闲淡，本在闲淡中，哪来失落意？文人做官，不那么容易做得最好；文人退官，却有事可干，诗文之事，正是他的真宠和最爱呢！

读读书，眺眺湖，在湖崖上的干草地里撒个欢，这都是一种真性情、真喜爱，也是一种真快活！

不过，悟事与年齿也是相连相关的。就拿读书来说，我年轻的时候会骑上自行车到乡下的河堤上、田埂边读书，有时候是默默地读，有时候是大声地读出来。后来三四十岁，反倒不会专门到野外读书了，觉得被人看到了，会说是“作”，是故意的，形式大于内容。五十岁以后，自有主见，想在哪里读，就在哪里读，想什么时候读，就什么时候读，车站、机场、码头、酒店、野外、国外，如入无人之境，只为自己喜欢，知道读书不是为别人读，而是为自己读。孔子说：“吾十有五而志于学，三十而立，四十而不惑，五十而知天命，六十而耳顺，七十而从心所欲，不逾矩。”大概就总结了这样的意思：七十岁以后就可以随心所欲了，只要不随心所欲到超出社会大规范就可以了。就像读书，想在哪里读，想什么时候读都可以，只要不在别人都兴致勃勃地打牌的时候你非要读书，只要不在领导在台上作报告时你非要在台下大声朗诵金斯堡的《嚎叫》就可以了。考虑到春秋时代人民寿命普遍不高、信息普遍贫乏、学历普遍偏低的情况，孔子说七十可从心所欲，只要不逾矩就行，现在似乎可以提前到六十岁上下，特别是六十岁之前了。因为六十岁之前还在台上，还掌握着权力，毕竟谨慎一些好，免得晚节不保。但对于文心旺盛的人来说，在任何年岁，你都去从心所欲就是了，只是不要去冒犯那些大的行为规范，一切就都OK了。

每一个生命自带的权力

天晴暖的日子的确不一样，晴暖的日子就像初春或者仲春。古人把春作了三分：孟春、仲春、季春。这都是由农历来划分的。孟春就是初春，按照民间习惯，初春是农历中从立春开头的春天的第一个月；仲春自然就是农历中春天的第二个月；季春是农历中春天的第三个月。有些年头开春后很快就暖和了，暖得让人惊讶。我特别记得我还是小孩子的时候，有一年到江苏泗洪梅花乡的老家去，初春的一天跟着二爷（二叔）从梅花乡回万泉大队朱集村。那时候到哪里都是步行来往的。当我们走到一个大渠埂上时，身上的棉袄就热得再也穿不住了，爷俩都把棉袄脱下来抱在胳膊弯上。走得又热又累在渠埂上坐下来歇歇时，我低头看见我脚下的野草都已经发芽了，眼界里一派春气升腾、天清地明的景象。春天的感受就是这么叫人难忘！

难得的天气晴暖的日子，人又恰好在山野湖边，就更有幸见得到一番好风景了。这时你看小渔船划泊在湖里离大渔船或远或近的地方，而大渔船则泊在离岸五六十米远的湖水里，由一根长长的缆绳牵着，

这样船上的人或者觉得不会有无来由的打扰，岸上的人看它，又觉得漂泊般的浪漫，正是一种双赢的局面。

湖面上水波不兴，更远一些的湖水里，似乎有几只若现若隐的小帆船，在因地球的曲弯而幻觉般产生的湖面隆起里时上时下。这种幻觉确实有些可疑，因为我从来没在这片湖面里见过船帆的出现，现在的货船和渔船都用发动机，除了休闲、比赛的用途，谁还去重现那种浪漫呢？

湖水的深处由于阳光的骚扰而迷离和散漫。这么大的一眼望不见边的湖面下，一定会生长着许多我们平常看不见的鱼鱼虾虾。如果我能够实时地知道每一个活蹦乱跳的鱼虾的生活状况，那就太令人兴奋和善意大增了。我并非奢望我是那位万能的上天，我是想如果我真的具备那位全能的上天的全知全能的功能，我就能实时地知道水里的每一个生命每一分每一秒的生命活动，我就能够随时尊重每一个生命的每一分每一秒。而不像现在这样，当我的尊重万物的感觉来到时我就尊重它们，当我心绪繁乱或缺少睡眠时我就不尊重它们；当我面对众人时我就尊重它们，当我独在时我就不一定非得装成尊重它们的样子；当我饱胀时我就尊重它们，当我饥饿时我就不尊重它们。

我所在的湖边高地起风了，但风只在陆地上吹拂，好像还吹不到湖面上去。吹拂的风带来一些女人模糊的对话，虽然我能很清楚地听见有几个女人在对话，但我却听不清楚她们对话的具体内容和口音。对话声似乎来自湖里，但湖里的渔船都较远，女人的对话不太可能传这么远，那么她们就只可能在被杂树灌木遮挡的湖岸拐岸后面了。野草都还是枯黄的。我依然徘徊在湖岸边的高地上。湖岸和湖水交际线附近的砂石都被湖水漂洗得发白了。我想，只有阳光才能把人拉到冬天的湖岸边吧？如果没有阳光而只有寒风和冷水，我恐怕没有兴趣一直在天地间逗留。因此，把阳光还给所有的生命是非常重要的。获得阳光或许是每一个生命的自带权力，冬天的阳光更是好上加好！

现在仍是初春一个清亮的早晨

我经过一个小渔村、一个小湖湾、一片芦苇湿地，到一个村集上去吃早点。

这是初春一个清亮的早晨。一位扛镢头的妇女从小渔村里走出来，走到堤外一小片岗地上去刨土地，打算种点什么。湖湾里泊着一只大渔船和两只小渔船，大渔船上飘着国旗，风力发电机的风扇在微风中缓缓地转动着。湿地现在还是去年干枯的芦苇当主角，但带紫晕的新苇芽很快就会顶出湿泥，改变这一片湿地的标志色。

村集上那家早点店有很好吃的拉糊汤和煎饺，特别是煎饺，那是我的最爱。我走进早点小店，这时里面已经有六七成食客了。我从一摞洗干净的碗上拿起一个，到盛着拉糊汤的大锅前去盛拉糊汤。这时我前面有一位老农，大约七十岁，他的衣着、姿态、貌相，和当地村庄里的居民没有任何两样。但是我看见他一只手端着碗，另一只手把盖在锅上的锅盖拿起来，却不像当地大多数人那样，直接把锅盖放在桌上，而是非常明显地，特意把锅盖反过来，再放到桌上。这样锅盖就不会沾染桌上的不洁。我大吃一惊！我没想到不经意间会在乡村看到这细节，而且显然是坚持多年的好习惯。这位老者是一位大成功的人士吗？并不像。但他的这种举止，又绝非随意做得出来！这真让我百思而不得其解了。

早餐后我顺原路返回。

我经过一片芦苇湿地、一个小湖湾、一个小渔村，回到半岛上的善水轩去。

现在仍是初春一个清亮的早晨。湿地现在还是去年干枯的芦苇当主角，但带紫晕的新苇芽很快就会顶出湿泥，改变这一片湿地的标志色的。湖湾里泊着一只大渔船和两只小渔船，大渔船上飘着国旗，风力发电机的风扇在微风中缓缓地转动着。一位扛镢头的妇女从岗地返回小渔村，她大概已经在堤外一小片岗地上刨松了土地，已经种下了点什么。

我一路走，一路回想在早餐店见到的事。

我想：

如果你做的是小事，那么这些细节就是你的修养；如果你做的是大事，那么这些细节就会决定你的成败。一定是这样的！

我又想：

在哪里都要从骨子里保持原有的好习惯、原有的好坚持、原有的好作风。当我们在环境和他人的影响下，打算临时或永久改变我们所谓的好习惯、好坚持、好作风时，我们须得在心里明白：我们的改变，只能因为三人行必有我师；我们的改变，只能是由于我们发现了更好的习惯、更好的坚持或更好的作风；我们必须向更高的标准看齐，而不是向更低的标准靠拢。我们必得在心里明白这一切、懂得我们在做什么。

我们如此坚持下去，我们才能做得愈来愈好！

和每个生命和谐相处

我在山洼里的湿地边安顿好自己。

一条小河从两座小山之间的山谷间流过来，流到这三座小山围在三面的低洼地里。洼地面南的部分是开放的，是面向湖水的。我在湿地上方山坡上一处不来风的石窝里安顿好自己。石块很大，干枯的芭茅倒伏在石窝里。我把自己在石窝里安顿好，想起上世纪六七十年代一位诗人郭小川写的牵涉到独流减河的诗歌：

> 蝉声消退了，多嘴的麻雀已不在房顶上吱喳；
> 蛙声停息了，野性的独流减河也不再喧哗。
>
> （郭小川《团泊洼的秋天》）

曾经很长时间我认为独流减河是一条河的专名，后来我才知道，独流减河的确是一条河的专名，但这一专名并非早已有之，而是一个包含了水利术语的组合词：独流当然指的是这条河的相对独立，“减”则指的是使附近的主要河流水量减少；因此带减字的河，大都是人工河流。

从我安顿自己的地方，能够略略地俯瞰前方湿地里的一切。初春的阳光倾泻到我身上、倾泻到我的石窝里，使我深感天地的美好。湿地边的野草已经开始发芽，慢慢沿着水岸洇出一条绿线，但湿地里还以冬天倒伏或半倒伏的芦苇和蒲草为主，还看不见新芽嫩梢的踪影。一些开白花的已经枯干的芒仍然坚硬地直立着，它们像方言岛现象一样，成片地群生在一起，周边都是开灰色花的芦苇。在阳光和枯草间玩耍的飞鸟以麻雀为主，它们吱吱喳喳一刻也不闲着，它们在一个地方停留不会超过十五秒，就会齐刷刷地又飞向另外一处地方。

枯苇上还有一些大型飞鸟，例如喜鹊，它们黑白相间，不太喜欢活动，有时会长时间停留在枯干的硬芦苇上，偶尔喳喳地响亮地叫几声，它们只会跳着走，从一丛干芦苇上跳到另一丛干芦苇上。会走的是野斑鸠，野斑鸠只在水线附近的陆地上活动，它们总是成双成对地活动，在湿地旁边的草地上走来走去，不时低头啄食草籽，不时咕咕地叫几声，不时歪着头四面看看，也不时向对方身上啄几啄，以示亲热相依。它们不到湿地里的枯草上去，我从没看见它们到湿地里的枯芦苇和蒲草上去活动。野斑鸠体型优雅美丽，惹人怜爱，曾经有几年一家野斑鸠把窝造在我家的花架上，我们开窗就能近距离地和它们对视，甚至还能慢慢地伸手摸一摸它们漂亮的羽毛，它们也不怕人，似乎很相信我们对它们的善意。小斑鸠长出羽毛后就变得毛团团的，十分可爱了，有时我会趁大斑鸠不在窝时拿着小斑鸠玩一玩，只要不给大斑鸠看见似乎也没什么。小斑鸠长大后不知哪一天就从窝里消失了，大斑鸠在这一年里也就不再到窝里来了。后来有一年母斑鸠在窝里下了一个蛋，很长时间都没孵出小斑鸠来，渐渐地，母斑鸠也不到窝里来了，又过了些日子，我们以为母斑鸠已经放弃了，就把这只斑鸠蛋拿回家了，却不想母斑鸠又回来了，来了几次以后，它可能完全失望了，飞走了。从此野斑鸠就再也不到我家的花架上做窝孵小斑鸠了，哪怕我们会在春天早早地用枯枝干草为它们织好温暖的窝。也许我们无意中伤害了它们的感情。

“两个黄鹂鸣翠柳，一行白鹭上青天”，我很想在这初春的湿地里见到黄鹂，但我从未在野外见过这种让人产生幻想的鸟。我也不能肯定古人说的黄鹂和黄莺是不是完全相同的一种鸟，也不知道黄莺或黄鹂是不是在春天开始活动，也不知道黄莺或黄鹂主要活动在哪个纬度哪个地域。在有灵性的古人的眼里，啼鸟总是有灵性的，是智性的。南宋词人辛弃疾说：“啼鸟有时能劝客，小桃无赖已撩人，梨花也做白头新。”把啼鸟、小桃、梨花一并拟人化了。风调雨顺、春色鸟啼得让人愉悦了，人还能不快意地留下来吗？……可是，可是，我的思绪一直执拗地要幻回到关于野斑鸠的记忆里。我明显地知道野斑鸠起飞时是十分笨拙的，它们在起飞时身躯似乎特别笨重、速度慢、不灵活，这是它们致命的缺点，有时候另一个致命的缺点是它们对人类的从容。我记得有一次我开车不久，在高速公路上开车没经验，我看见几只野斑鸠在高速公路上低着头啄食，我鸣了笛，但它们仍然十分从容，后来它们起飞了，我以为它们能像麻雀那样转眼就飞高了，却没

想到它们起飞的速度那么慢，身躯那么笨重，我也打了方向盘，但还是有一只野斑鸠撞在挡风玻璃上了。我一直能想起这件事，我一直会想到另一只野斑鸠会怎样找到它。后来只要在路上、特别是高速公路上见到从容觅食或散步的野斑鸠，我都会立即鸣笛、减速。那样的事再也没有出现过……

不行不行，我得让我的思路切回到眼前仍然干枯的湿地里来……湿地边缘的陆地上，野草已经生发出了嫩绿的芽叶，这时我恍惚的视线透过温暖的春阳瞥见了对面的低山，我再一次想起法国历史学家布罗代尔那句灵光闪现的名言——文明可以沿地平线扩张，但不能垂直扩张，两三百米都不行——不不，这个法国人说得太绝对、太绝对了！这不是中式的思维方式，不是中庸的思维方式！我记得有一座城市里有一座200多米的山头，可山这边和山那边的文明有何区别？山上和山下的文明有何不同？山下边的文明有何困难传递到山上边？当然我这是玩笑话，玩笑话。但是，且慢且慢！中庸并不是圆滑、和稀泥，中庸也不是折中主义，中庸强调的正是准确把握、合理调整。在布罗代尔这句话里，两三百这个具体的数量词，不正是一种完美的中庸吗？

这一天，从上午9点太阳暖热，到下午4点太阳未落，我一直待在面南的这个地方，晒着太阳，观察着湿地里和湿地附近的一举一动，胡思乱想着，没有挪窝。

有一个宽敞的性情和诗性的心灵

我站在微微起伏的田园里看春景，我看见一对喜鹊正在早春的明丽中经营一棵高高的大杨树上的柴窝。去年，这棵高大的杨树上的鸟窝是它们的吗？我看见少量油菜花正在开放，在尚未返青的一片老绿色的油菜田里显得那么新鲜、晃眼。

这就是我眼中和心里的春光和春色吗？虽然这样的春景在不赏春的人的眼里已经十分了得了，但对比起来我又常有疑惑：为什么我看见的春景，与古人眼里和心中的春色相比，总显得有些粗糙、有些扎眼？

你看南宋张磐眼里的春景：

> 习习轻风破海棠，秋千移影上回廊。昼长蝴蝶为谁忙？
> 度柳早莺分暖绿，过花小燕带春香。满庭芳草又斜阳。
>
> （南宋·张磐《浣溪沙》）

这首词里的好，一好好在“昼长蝴蝶为谁忙”，春来了，白天就长了，词人注意到季节的这种变化，虽然作者不一定明知这是太阳向北回归线移动的结果，但文学如果真正来源于生活，那生活自然会给他一个说法。白昼长了，毛毛虫就羽化了，化而为蝶。有些植物需要一个低温春化的过程，即冬春季节必得有一个相对的低温阶段，这些植物才能正常孕育花苞花蕾，才能在新的一年里很好地完成它生长、繁衍的生活史。而蝴蝶则拟人化地在春天的阳光下翩翩起舞，忙碌不已。这首词里的好，二好好在“度柳早莺”和“过花小燕”，这两种小小鸟，都是古诗词里颜值高高而又抵近人类的小意象，它们飞去又飞来，贴近又可爱，还能带来早春的讯息，见到它们的身影，就知道春又到了。而这早莺又是飞度柔柳的生灵，这小燕又是穿过花丛的小精灵，羽爪上都沾满春天的花香、草香、泥土香、叶子香、空气香、阳光香，满满的都是香、香、香、香、香、香！这首词里的好，三好好在“满庭芳草又斜阳”，斜阳最好，好在尘埃已定，天时已定，春天已定，人心已定；人心此时定定的，定定的，笃定的。春风已敲我家门，明天，后天，再后天，春天都将不逝，早莺都将度柳，小燕都带春香。这才是真正的春天，这才是正经的春景呀！

又有南宋史介翁写春景道：

柳丝轻飏黄金缕，织成一片纱窗雨。半合做春愁，困慵熏玉篝。

暮寒罗衫薄，社雨催花落。先自为诗忙，蔷薇一阵香。

（南宋·史介翁《菩萨蛮》）

这词好则好在柳丝春拂，窗外沙沙，若雨如梦，似愁非愁，似忙非忙，闲亦悠然，忙亦悠然。本词表面看似闲愁难耐，其实内里却有紧凑的安排。好就好在悠然而又充实、闲适而不浅俗，因悠然闲适而东连西串、家长里短，自然就难得体味淡淡春愁、蔷薇花香了。

又有南宋楼扶咏春景道：

丝丝杨柳莺声近，晚风吹过秋千影。寒色一帘轻，灯残梦不成。
耳边消息在，笑指花梢待。又是不归来，满庭花自开。

（南宋·楼扶《菩萨蛮》）

这词好就好在人与景相合，事与物匹配。莺声远近，晚风千影，却不见那个人儿。人自是不来、不在，却已来、已在。来在哪里？已在哪里？还不是来在梦里？早在心里？满庭花自开，是大团圆的一个结尾，虽然人没来、不在，但能够达成自我的满足和精神的慰籍，那还不是一个大团圆的结尾吗？

看来，我们眼里粗糙的春景，都在于我们没有一个适配的眼光，我们没有一个悠然的修行，我们没有一个宽敞的性情，我们没有一个诗性的心灵，我们没有一个能够驻留春景的心境。诗性的春景不会在浮躁的、烦恼的、没有语感的、不见意境的、荒疏的、势利的、阴暗的、环境恶化的、垃圾遍地的、信息堵塞的心境驻留。不会在那些地方驻留，不会的。我断言：不会在那些地方驻留的！

山羊妈妈和她的七只小山羊

初春早上的太阳就把我的眼晃花了。我带上一摞儿童书到草毯山去。草毯山上还没有百花盛开，甚至还没有大规模草木泛绿，但春天的气息已经止不住地从枯草下面往上顶了。我找到一个面南的山窝躺进去晒太阳，并且开始阅读有名的德国《格林童话》。

经典的童话的确是需要立春的阳光暖照和山窝里的气氛烘托的。我看见高大的枯干的黄背草后面有一座用木棍和藤蔓编结而成的小房子，小房子里住着山羊妈妈和它的七只小山羊。此时羊妈妈戴上红丝巾，把脚掌染成草绿色，把脚趾甲染成玫瑰红，打算在春节的最后一天到山下的村子里给外婆拜年。走前她对七只小山羊说："在妈妈回来之前你们不要给陌生人开门，如果你们听见来人说话的声音粗浊，看见来人的脚掌是灰色的，那一定是大灰狼乔装的。"

山羊妈妈说完就带着手机下山了。这时大灰狼来到了山羊家的柴门外，它学着山羊妈妈的样子敲了敲门："孩子们，妈妈回来啦，赶快开门吧。"小山羊们听出了大灰狼的声音，说："你是大灰狼，你的声音太粗啦。”就不给它开门。大灰狼跑到礼仪班进补一番后又来到山羊家敲门，它声音柔和地说：“孩子们，妈妈回来了，赶快开门吧。”小山羊透过门缝看见了大灰狼的灰脚掌，齐声说：“你不是妈妈，你是大灰狼，你的脚掌是灰的。”

大灰狼转了转眼珠子，跑到美容店把脚掌染成了绿色，把脚趾甲染成了玫瑰红，又跑到山羊家敲门：“孩子们，妈妈回来啦，赶快开门吧。”小山羊们听见温柔的声音，看见绿色的脚掌和玫瑰红的指甲，就开了门。大灰狼把六只小山羊吞进肚里，只有第七只小山羊跑进向阳的山窝里躲了起来，大灰狼行动不便，拨开黄背草找了几遍没找到，它就倒在枯草丛中打着呼噜大睡起来。

第七只小山羊很害怕，但它很想救另外六只小山羊，于是它折下一根黄背草，趁大灰狼张嘴打呼噜时把黄背草伸进大灰狼的嘴里。六只小山羊抓住黄背草爬了出来，它们又从草毯河边搬来许多鹅卵石塞进大灰狼的肚子里。大灰狼睡醒后觉得肚子很饱，它步态蹒跚地走到草毯河边喝水，被卷起的大浪冲走了。这时春天已经到了，草毯山上开满了野花，长满了绿色的黄背草。山羊妈妈和她的七只小山羊，从此过上了平安温暖的生活。

现在，草毯山上已经不见了山羊妈妈和她的七只小山羊，大灰狼也早已变成了保护动物，我改编的这篇格林童话想必也不会被人家认为是抄袭吧？那些经典的童话真是好，它总是夸张得那么合理，描述得那么简洁，结束得那么奇特。我带着童话创造的气息和氛围，在草毯山上睡着了。

只是晒晒太阳

初春暖日，下午两点到4点半，我到一整个冬天都鲜见人迹的湖边景观带去。在绿地边停车时就觉得有点不对劲，平时整天都不见一人的离城又老远的这个荒偏的地方，竟停着四五辆车。竟还有两辆车上的人下了车就发现认识对方，还打上了招呼：“哎，你也来啦？”“来啦！”“来干啥的？”“今天天气好，憋了一冬，俺们来晒太阳的。”哈，说得好！俺也是来晒太阳的，寒冷了一冬，憋闷了一冬，俺今天出来，不就为出来杀杀霉气、敞亮敞亮胸怀、放飞放飞心思、晒晒太阳吗？

一对男孩女孩在退水的砂石湖岸边从这一头走到那一头，再从那一头走到这一头，就这样来回地走，一边说话，一边走。有时候他们停下来往水里扔一两块小石头，有时候他们坐在大石头上说着北方方言、休息一会儿。那一段湖岸大约有800米长。在将近两个小时的时间里，他们就这样走着，有时候停一停。我心里想，只有谈恋爱的人才会觉得这样不单调，才会忘记这是单调的事。但我立刻就对自己说，

俺是出来晒太阳的，俺不是来看人家谈恋爱的。

有九个中老年妇女和两三个中老年男人坐在自己带来的小板凳上挖枯草地里的杂草，这是他们的工作，他们一直低着头挖杂草，并且缓慢地往前方挪动位置，这就像我以前在生产队里干活时一样。在生产队里拔红芋秧子、水稻秧子、花生秧子，都是这么干的。不过他们现在是归园林部门管理吧？他们的工资也归园林部门发放吧？时代的前进真是很明显呀。但生活的外表改变了，生活的内容并没有发生本质的变化。我一直听见他们在说家里的琐事，过年的亲戚，孩子的工作，邻居的行为，而且以妇女的谈论为主，男人只偶尔搭讪一句两句。我突然想起来了，俺是来晒太阳的，不是来感怀忆旧的。

城市周边现在很多地方都大面积园林化了，这是值得肯定的，值得赞扬的。你看人家欧洲、北美，那里的三线三边、高速野外，都大面积园林化了，到哪里都像生活在花园里一样，咱有钱了，加快步伐赶上去，这也是个不可逆转的趋势吧？但在园林化的过程中，必得注意国家资源的公平分配才好。不如此的话，环境是美了，有的人心却可能变丑了，得不偿失呢。嘿，俺是来晒太阳的，不是来当独立检察官的对不对！

两只在阳光照射下毛色鲜亮的喜鹊在枯草坡上跳来跳去，它们的身上有黑有白，看上去十分健康活泼。它们在离我大约十米远的地方跳一跳，看一看我，跳一跳，再看一看我，引得我情不自禁就想和它们说话。我用地方普通话说：“喜鹊们呀，你们在干啥呢？你们过得快活不快活呀？乖不乖呀？你们上不上学呀？吃不吃虫子这种荤菜呀？在哪一棵大树上垒窝呀？讨厌不讨厌人类呀？你们不一定非要喝脏水，你们可以到湖里的小岛那里喝水呀。”它们歪着头，看看我，跳几跳，又歪着头，看看我，又跳几跳。嗨，俺是来晒太阳的，俺不是来研究鸟语的。

一位中年妇女从已经干了的地里搂了许多枯干的蒲草堆在板车上，越堆越高，然后她用绳把车上的蒲草扎紧，系结实，拉起板车向村里走去。我紧走几步想追上她，问她这些干蒲草拉回去有什么用，现在烧饭都用液化气了，这些干枯的蒲草就是烧土灶也没多少火力呀。可是我又紧急刹住了脚步，俺是来晒太阳的，俺又不是来搞社会调查的。

我突然看见波光粼粼的湖面上有几位“仙女”在洗澡、嬉闹。我揉揉眼，她们似乎还在。她们讲着吴侬软语，穿着丝绸织物，盘着高腰发髻，摆动着藕节般的手臂，唱着采莲小调，戏耍着红尾的鲤鱼，时而在湖面上凌波，时而做着飞天的姿势。哎哎，俺是来晒太阳的，不是来搞文学创作的。

一对中老年夫妇从湖岸上走来，从我身边经过。那位中老年男人说：“这个景区快要完工了，差不多下半年就能交付使用了。”那位中老年妇女一边走路，一边正兀自不停地大声说话，听到中老年男人这么说，她就大声回答道：“还不如不完工呢！完工了人就多了，石头都能踩平，还不如现在这样，人少了好。”哈哈，我也是这么想的呢。但俺什么都不讲，俺只是来晒太阳的。

又一对小男女手牵着手兴致勃勃甩开大步来游湖，但那个小男生总戴着蓝色的口罩却令人费解。难道这里的空气会比大钟楼更差？难道这里的湖风还不够新鲜吗？得得得，俺是来晒太阳的，不是来进行卫生大检查的。

两位小男女到湖滩上捡拾小石片往水里打水漂，小女生一次能打出两个顶多三个水漂，石片就沉下去了，小男生一次能打出五六个顶多六七个水漂，石片也沉下去了。小女生崇拜地望着小男生打水漂，于是小男生边打水漂边向小女生传授窍门，还手把着手地指导她，小女生使劲点着头崇拜得不得了。我想起我还是小孩的时候打水漂，打出十几个水漂经常不在话下的。一边想着，一边有些手痒，不由弯腰挑几块薄薄的片石，在湖面上打出六七个顶多八九个水漂来。得意中偏头看去，两位小男女已经手拉手跑远了。嗨，俺在心里责怪自己，你是来晒太阳的，不是来搅局的呀！

大多数树的叶子都还没有长出来，春风浩荡中，最快也得十天半月才见得到鹅嫩的叶片在树枝上出现。地上的婆婆纳浅浅地发了些小芽，另有些野草叶子长得挺长了，颜色也变得挺绿了。但在去年夏秋我认得挺熟的那些树木、野草，现在几乎一个也认不出来了。例如栾树、楮树、金色狗尾巴草、大狗尾巴草、牛筋草、马唐草、野燕麦、酸模叶蓼，等等。现在它们没长出枝叶，没开出花朵，没结出果实，甚至还没长出像样的叶片，我真的一个也认不出来了。罢了罢了，俺是来晒太阳的，不是来进行植物学的田野考察的。

我开车经过一个陌生的村庄时，一下子找不到出村的路了。我看见一户人家门口铺着许多红色的炮皮，窗户上还贴着红喜字，有一个最年轻的女孩和两个年轻的女孩各抱着自己的孩子在门口逗孩子玩耍，我就问她们，出村的路是往前走，还是往后走。那三个抱孩子的年轻女孩都听见我在问路了，那个最年轻的女孩动作最快，她一边抱着孩子往我车边走，一边歪着头，好像没听清我在问什么，直到快走到我的车窗边了，她才用普通话告诉我：出村的路应该往后走。我谢过她。掉头回来经过时我又点头致意谢过她和她们。快出村时我想，她也许开头就听清了我的问话，不过她可能不想让我觉得她们村里的人没见过世面，但她又怕她的小伙伴们说她“撇”腔，“撇”普通话，所以她才走到离我足够近而离小伙伴们足够远时，才用普通话回答我。喂喂喂喂，俺是出来晒太阳的，不是来进行心理分析的好不好！

听杏花开放，听我自己的心声

我锁了车，沿废弃的村道北行往山脚下走。我又看见那院墙里一树已经开放的白杏花了，又看见了另一棵，都不是很大的杏树。到山脚下，再次仔细地看了“鞭打芦花处”石碑，然后，我就往石碑后面的山上攀去。

山是石山，有大块平坦的岩石，更多的是碎石。往山上没有路，都是碎石，碎石间生长着一些低矮带刺的植物。往山上爬时，既要注意碎石不要滑倒，又要注意带刺的棘条子。山并不高，相对海拔也许只有百十米左右。我很快就爬到一个接近山顶的地方了，从那里看过去，只见山的后面已经被采石场挖得半空了，半个山体大概都是做建筑用的石粉去了。

从山上往东看，那里的山坡上，不知为什么是一大片的白色。定睛细细再看，觉得那可能是开白花的植物。又看见一条山路，弯弯曲曲地往开花的山坡上去，这就勾得我很想去那里的山坡看看了。我赶紧往山下走，下了山，从另一条小路往敬老院去，这时才看见废弃的石墙石屋中，还有一户人家有人居住。是一个60多岁的山村老太婆，开了院门，拿一把扫帚，把门口扫得干干净净。哦，这里还有人居住，我很有些惊奇，于是就和她说话。我问她，这山叫什么山？她说，就叫车返山。我心中暗自惊讶，因为从昨天到今天，问到的所有人，都不知道这山叫什么山，而她不费劲就说出这山的名字了，可见有人同在，就必有我师，不管这些同在的人长得高矮，相貌如何，有无学历，没有完全无用之人，只有我们缺乏善待他人的心态。

我回到车边，驾了车，顺着在山上看好的路，驾车往村东的山上去。从山上下来一位背柴火箕的男人，他看了我一眼，就走过去了。他走过去以后，我恍然想起来，这不就是昨天傍晚和我说话的那位五六十岁、身穿黑棉袄、肩挎柴火箕、柴火箕里放着半箕山柴、面色黝黑、个头矮小的男人吗，他这是一天拾两次柴火的节奏啊。

路边有一位中年妇女在挖地里的石头，看见有车过来，她就把路清理干净，站在路边，让我过去。那我得顺便和她打声招呼、说几句话才好。我就说麻烦你了，她说不麻烦，我问那山坡上开的什么花？她说是杏花。我好奇地问，山上怎么种这么多杏树？她说这里山上石头多土少，就是杏树多。我问，这山叫什么山？她说叫石磙子山。我问，石磙子山？她说，以前到山东边去，都说石磙子山石磙子山的，不就叫石磙子山吗？我心里感慨道，真有收获！有时候感觉挺难的一件事，在对的地方、对的时间、对的人跟前，很容易就解决了。只要放低身段，在哪里都会有收获！

再往上开一开，我把车停在小半山坡上，下了车，往杏花开得最密的地方走。路边又有一位老妇人，距山路大约二三十米的样子，蹲在一小块黄土地里，正专心地、不停地、努力地用一把小铁镐挖地。这时我想起我老母亲在世时的一些面貌，于是我就想和她说几句话。我站在路边对她说，老人家，翻地打算种什么呀？问过了，我看着她，她却没有反应，依然专心地、不停地、努力地用一把小铁镐挖地。我静静地温顺地站着，心里酸酸的，知道她可能听力不如年轻时那么好了。

再往上还有人的身影在干活，是一位身体健壮的老年男人，他正搬一些石头把一块大岩石围起来。看见我走过来，他就直起身和我说话，说，你来了。我说，来了，你这搬石头是干啥的。他说，垒一块菜园子。我说，山上土太少了。他说，就是的，都是石头。我说，这山上咋种这样多杏树？他说，这里都种杏树，麦黄时就熟了，好吃！又甜又面！我说，那你忙。他说，你转转，转转。

我转到山坡上杏树最稠、开花最盛的地方。哦哦，满眼都是怒放的白杏花，整个山坡都是纯白色的，十分震撼啊！花丛中只有极少量的昆虫在飞动。我站在怒放的白杏花中听山的声音、听杏花开放的声音、听山石吸收热量的声音、听远处有人走过的声音、听我自己的心声。杏花没有香气，只有洁白的颜色。夏天我是一定要来吃一次山杏的呀。我这样想。一定的！我再一次下着决心。

与我们同在的生命

春天在原野里胡乱行走时，最容易看到，而又最不在意的，是那些坟茔。田园里的坟茔，经过几十年的迁移，剩下的已经不多了，原野的河堤上，荒埂边，倒还有一些。随着火葬和陵园的推广，以后在原野，特别是田园里见到坟茔的概率，只会越来越少。

坟茔与原野结合起来，是中华传统农耕文化的一种丧葬形式。慎终追远，清明前后，或忌日诞辰，在亲者先人有形的符号前祭祀一下，能够充分地释放生者的感情。由于把坟茔看作逝者的居处，所以小孩、女人对这类地方有些敬畏，不敢单独前往或经过。

但我却是相反的。当我在原野里胡乱行走的时候，如果远远地看见坟茔，特别是有碑刻的坟茔，我一定会专程前往，恭敬地站在坟茔和墓碑前，仔细地把墓碑上的文字读完，尔后才心存感念地缓缓转身离开。我写短篇小说《碑》的起因，就是由于在宿县城南河畔的荒堤上读到一方新碑的碑文而受到了心灵的大触动。在江南的一些村庄外面，常可见到兄为弟立碑，或弟为兄立碑，这或表明当地未婚男子较多，反映了一种社会经济或人口状况。江淮的巢湖地区，许多土坟的旁边会种上一棵楝树，“楝”与“恋”同音，与“念”近音，大概是思恋、思念的意思吧。有一年麦季我在淮北颍上黄桥车站外一片竹林里读到一位美丽的花季少女的石碑，使我感慨万端，心痛哀叹不已。人类的命途都是相近的，人情都是相通的，正如北宋的苏轼在《江城子·乙卯正月二十日夜记梦》一词中所言：

十年生死两茫茫，不思量，自难忘。千里孤坟，无处话凄凉。纵使相逢应不识，尘满面，鬓如霜。

夜来幽梦忽还乡，小轩窗，正梳妆。相顾无言，唯有泪千行。料得年年肠断处，明月夜，短松冈。

小轩窗，正梳妆，这幻化出的活生生一幕，看似看得见，摸却摸不到，听也听不着，叫亦叫不应，怎不叫人肝肠寸断、痛泪千行？对苏轼而言，那千里之外的孤坟松冈，正是他的痴情所在；那里的逝者，在他心中永远是生者。坟茔或墓碑承载的，都是人文内涵，全是亲情浓意，皆是人生哀痛，如此一想，那还有畏惧的心情在里面吗？

其实，古来人们特别是文人就有游墓的习惯，晋宋时代虚构了桃花源乌托邦的诗人陶渊明，就有与人游墓的兴致。

今日天气佳，清吹与鸣弹。感彼柏下人，安得不为欢。清歌散新声，绿酒开芳颜。未知明日事，余今良已殚。

（晋·陶渊明《诸人共游周家墓柏下》）

这是陶渊明与人同游周家墓的抒怀。当代人也常游墓、游陵（高大的坟墓），或与陵墓为邻。像天安门广场的人民英雄纪念碑一样，许多国家都有民族英雄纪念碑、纪念陵，当地民众常会去悼念、游玩。安徽当涂有李白墓园，北京郊外有明朝皇帝的墓陵，河南登封箕山上有许由墓，安徽灵璧和定远有虞姬墓，香港由于地方狭小，墓园就在繁华的街道边，还有些墓陵在山崖峭壁上。这些地方都成为人们愿意前往凭吊、游览的纪念地。

几年前的一个夏天，我去安徽庐江罗河镇游母子陵（母子坟），也颇有一番感慨在心头。

罗河附近是低丘地貌，地表只是略显起伏。穿过镇区前行，岗脊上种着棉花、山芋、芝麻等作物，还有小树林和池塘。前方远处是山影，村村通道路穿过一些村庄。前方路右出现一座两层的农居，农居门前的路边上，有一个十四五岁的男孩子，坐在一个小板凳上，正对着我前行的方向。看见我的车来了，其实和他坐着的地方没有关系，他却站了起来，站在路边，看着我的车慢慢地滑近。

我觉得既然他已经站起来了，不如就和他说一句话，于是就停下来，问他母子陵怎么走？他说，母子坟在右边，从前面三岔路口往右走。他边说边用手指点着。谢过他，我慢慢向前走，到了三岔路口，因为路是斜的，一时很难肯定应该往哪里走。这时突然发现刚才那个小男孩，快速地骑着一辆电驴从后面赶来，用手指点着，让我往右走。我拐到右边，往前走，他一直在后面跟着，直到我的前方出现了母子陵的建筑，他才掉转驴头回去。

罗河镇母子陵在新生村村南头，当地人都称母子坟。母子坟在村南一座小丘阜上，一南门，一北门。北门从新生村进入，门外有一群当地人，以男人为主，正聚在一起谈论国际大事，美国日本的，谈得正带劲，看见我下车，一些男人和妇女就走过来问我烧不烧香。我说不烧，他们就回到原位去了。

北门的门楼上铸着三个字“母子陵”，门楼可能是后建的，十分普通的建筑。母子陵大约占地三四千平方米，陵园里有一座很大的坟墓高起在墓园的中间，坟墓上有大大小小十余座亭台，其中有一座四方亭，飞檐翘角，亭里面供奉着母子的铜像，那位母亲端庄而又慈祥，护佑着孩子，她的孩子则紧紧地依偎在母亲的怀里。母子铜像前，长年香客不断，香火缭绕。

我花两元钱买了张门票，向门里走去。售票处墙上贴着一张“新生村村民公约”，公约总共有十二条，约定了精神文明、社会秩序和公共安全、红白喜事、居民之间、文明卫生社区建设等等事宜。

这时，一位五十多岁的妇女，左臂挎着一个大篮子，里面都是烧香用的什物，红花花的，右手还拿着两把香，跟着我问，烧香吧？我说，我不烧香。她说，母子坟烧香灵得很。我友好地对她笑笑说，我真不烧香。她说，你要真不烧香，我就不跟着你了。我点点头，顺着碑巷往前走，一边走，一边细看，一边拍些照片。

碑石密密麻麻栽了满园，形成了碑巷，碑石上大多刻着“有求必应心想事成”、“圣母仙子”、“有求必应青云直上升官发财”、“母子神灵”等字样。有的是2013年刚刚立的，有的则是许多年前就立上了，据说有万余块之多。还有一块碑上刻了一首诗，叫“咏母子陵”：

愿碑林立满山岗，
今古奇观久远扬。
典雅陵园腾紫气，
恢弘亭庙映祥光。
飞沙拥冢埋仙骨，
舍己为人着锦章。
保国康宁千业旺，
佑民幸福万年长。

五十多岁的妇女已经把香纸什么的放到陵外，现在空着双手了。我读碑时，她就默默地看着，我往前走时，她就在我后面不远处指点我说：“你往左走，到那里拍拍照。人来了都到那里拍照的。”

我照她说的往左边去看看，拍了照。她就跟在我后面五六步远的地方，口音似懂非懂地向我介绍说，很久以前，有一个妇人抱着小孩到这里跑饥荒，这母子子孝母慈，可是由于长期忍饥挨饿，最终还是饿死在荒滩野地。当地的老百姓看见这种情景，十分悲怜，就挖了坑，掩埋了这对母子。从此以后，每到清明时节，当地很多人会到母子坟前烧香烧纸，祈求母子平安，祈求风调雨顺。或许冥冥之中真有神灵，母子为了报答当地百姓宽厚慈爱，到母子坟前许愿经常能够实现。一传十，十传百，母子坟从此声名远扬。

我一边听她说，一边各处走走，拍点照片。她介绍的正是母子孝慈文化，这在当地已经深入人心了。

她又告诉我，应该到南门走走，南门是正门，人都在那里烧香。我点头答应她，问她贵姓，她说她姓章，立早章。我又说，要烧香的话怎么烧？她说，随你。我说，别人都怎么烧？烧几把香？她说，一般都烧两把香，都随你。我说，香都是一样的吗？她说，有大的，有中的，有小的，大的十元一把，中的五元一把，小的三元一把。我说，那我就烧两把大的香吧。她说，那我给你拿去。

我走到母子陵南门，南门是一个和北门同时建的门楼，上书“母子坟”三个字。门楼外西侧，石狮外，摆了一张圆桌，圆桌边坐了两位年轻妇女，其中一位不停地抹着眼泪。圆桌边还坐了一位穿蓝上衣，五十多岁的男子，似乎在说着什么。另有一位戴草帽、穿“日丰管”圆领衫的男人、一位光头的男人、一位顶着头巾防晒的年轻妇女、一位身材已经变形了的中年妇女，都站在圆桌附近专注地听着、看着。

老的石牌坊在门楼南，石桥边，紧对着石桥。桥下有一条不大的流水，水流清清，弯弯曲曲。虽然水不很大，草滩却较宽展，草滩近水处有一头水牛，正反刍着，卧在水里。石桥据说叫“三条石”桥，桥南就是枞阳县钱桥镇了。因此从南门来母子陵的人，多是枞阳人，从北门来的人，多是庐江人和外地人。

回到母子陵，那位五十多岁的章姓妇女，已经拿来了两把香，那香下粗上细，红红的，很有层次感，看上去既顺眼，还雅致，真是不错的。按照妇女的安排，我把香放在母子陵前正在燃着的香灰上。香的香气很快就出来了。我许了个愿，那位妇女依然不近不远地陪着我，然后我缓缓地离开烧香处，各处又走了走，看了看，才慢慢地离开母子陵。

只8时38分，天已经大热起来。我顺原路返回，回到来时的岔路口。由三岔路口顺村村通水泥路往前走了一两百米，又看见路边那座两层的楼房了。那个朴实又热情的男孩仍然坐在路边的小板凳上，看着我的车渐渐滑过去。让我大惊奇的，是我从她那里请香的那位五十多岁的章姓妇女，竟也站在门前，站在那个男孩旁边。

我停在他们身边，笑着和他们打招呼，男孩就腼腆地笑笑。我对那位章姓妇女说："这是你儿子？"她说："这是大姑姑的儿子，我儿子大了，不在家。""大姑姑"大概就是她的大姑子。嗬嗬，和他们的相遇，还有请香，还有感受，真是奇、巧、缘。在母子陵，她走时还一直对我摇手再见，一直说"老板发财！老板发财！"呢。

田园或原野里的坟茔自然与官方及现代的陵墓有所不同，田园或原野里的民坟简单、朴质、随便。也正因为如此，与原野融为一体的坟茔才为我们提供了一种构图简洁却有力的民间风俗画面，这是我不会畏惧反而亲近原野里的土坟的一个原因。在我的头脑里，我会把田园和原野里的坟茔归于原野的一个自然而然的组成部分，我会把坟茔与人类的原野感美好地结合起来，它们就像河流、浅滩、耕牛、山羊、小黑猪、田埂、麦垄、菜地、蓝天、白云、树林、低丘、村庄、缓坡一样，是天地万物的一个环节、一个链条。它们只不过是我们眼中原野风光的一部分，是我们生之所依的舞台的一部分，是我们生活的背景的一部分，当我们形成这样的观念以后，我们的眼里就只留有风景了。

虽然形式有不同，面貌有差异，但墓陵所表达的人伦内涵、道德观念和思维模式，都是相同或相似的。人们用这样一种形式，来寄托哀思、纪念先人、传承意志，有时也是为了显示权力。

原野里的坟茔现在越来越少了。当然，我并不觉得耕地里穿插着坟茔是一种好的风景，还是把那些原本存在于耕地间的坟茔归并于偏荒一些的地方好些。但有时我们在春天攀上一片土岗，看见嫩叶翻飞的树林间树立的一块墓碑的时候，我们坐在暖洋洋的野草地上休息时，应该透过墓碑构想出它后面的亲情故事。那些逝去的人都曾经和我们一样，有着自然而然的衣食住行和歌哭笑闹，更有一些人曾与我们交谈友好、心神相通，甚至同床共枕、互倚互靠，他们都是这个星球上曾经与我们同在的生命。

春天集市的气息

灵璧各地，我大都比较熟，特别是灵璧南部，因为三十多年前我在灵璧县向阳公社大西生产队插队，灵南的向阳、官庄、黄湾、韦集，都跑过，都住过。那时候，向阳就是一条街，一个十字路口，午收过后，我跟队里马车到向阳粮站交公粮，扛了一上午粮包，中午吃自带的干粮玉米饼，又干又硬。没菜吃，就把辣椒酱抹在玉米饼上，饿极了，狼吞虎咽，一下子把胃吃疼了，疼得受不了，但稍缓一点，还得咬牙接着干，队里就来这么几个人，后面的队还等着呢。大汗淋漓地干到傍晚，活干完了，胃也好了。其实那是不“科学”的，因为据说很容易引起胃穿孔，要是现在，讲究保健养生，不可能出现那种情况。可见时代在进化，人生更舒适。

官庄那时只是个大队，也就是个村庄，但小麦长得好，我作为公社的通讯员，曾到那里采访小麦生产情况，大队的干部们陪着我在麦田里转悠，傍晚的时候，田野广袤，微风和吹，心旷神怡；晚上则住在旷野中一排孤零零的队屋里，四野无人，多少也有点害怕。韦集30

多年前也只有一条小街道，一排房子沿水而建，逢集时都是卖粮食土产的，大娘大嫂们卖鸡蛋都用一个小篮子，里面盛着不多的二三十个鸡蛋，显得很金贵，还有的妇嫂用手帕包着家里仅有的几个鸡蛋在街上卖，卖完后就上供销社商场里逛去了。我在黄湾写过知青材料，住在黄湾供销社的旅社里，吃饭在公社食堂吃。人生中第一次吃马肉，就是在黄湾公社的食堂里，马肉较粗，但也很好吃。黄湾周围是县林场，有大片树木和荒地，非常有荒原感，我没事就在周围的“荒原”里走路，大声朗诵，大声唱歌，难以忘怀。

今年因为要写一本书，春夏时节我又到灵璧南部走了几天，住了两个晚上。向阳乡已经很繁荣了，街道也变成好几条了。官庄可能做过乡政府所在地，但现在大约仍只是个行政村，街道倒是建起来了，各种商店也都较齐全。黄湾不用说变得较大，以前的荒原感完全不见了，镇外全是麦田，街道和公路都修得很好，晚上在几个十字街口，是热闹的所在，卤菜食品车、烧饼炉等等，一个接一个，不愁吃不撑。韦集也变得很大了，十字街口也有好几个。那一日春暖花开，我到韦集的时候，韦集正在逢会，人山人海。卖烧饼的、卖油条的、卖西瓜的、卖糖糕的、卖甘蔗的、卖油饼的、卖面包的、卖糕点果子的、卖甜稀饭的、卖馄饨的、卖卤菜的、卖草莓的、卖红芋的、卖洋葱的、卖苹果的、卖香蕉的、卖西瓜的、卖菜秧的、卖菜种的、卖花木的、卖衣服的、卖布料的、卖玩具的，卖百货的、卖鞋袜的、卖铁器的、卖小农机的、卖ＣＤ的、卖影碟的、卖老鼠药的、卖旧书的、卖摩托车的；看泗州戏的（街边卖影碟的小电视）、看坠子戏的、看淮北梆子戏的、看大鼓书的、看淮海戏的、看柳琴戏的；男的、女的、老的、少的、怀孕的、闲逛的、坐电动三轮来的、骑摩托车来的、赶毛驴车来的、骑自行车来的、开拖拉机来的、步行来的。四面八方，应有尽有，那种乡村的气息，真是浓得化不开呢！

我站在潺潺流过小镇的溪流旁

中国·月亮湾作家村2016年年底启动，当时从各地去了一百多位作家，加上当地干部、领导、老乡，总也有五六百人，启动仪式简洁、热闹又让人开心。那天天气也好，深冬里暖阳高照，把几条山冲汇聚的一大片山间平地，照耀得和暖无比，人人脸上都堆着笑容，真是舒心和畅快。

中国·月亮湾作家村坐落在大别山区霍山县东西溪乡的西溪社区，这里是大别山区五大著名水库中磨子潭水库和佛子岭水库上游流域的一部分，这里的涓涓溪流先后汇入磨子潭水库和佛子岭水库，然后沿淠河北去。东流的一部分成为六安、合肥等城市的饮用水，另一部分从正阳关汇入淮河，因此这里也是淮河的流域范围。

上世纪六七十年代，中国经济水平低，周边国际形式紧，从政治和军事战略角度考虑，许多原本建立在城市的军工企业，纷纷迁入深山老林，或在深山老林新建一批军工企业，以便应对最坏的局面发生。东西溪乡的军工企业对外名称为国营淮海机械厂，代号九三五六厂，由许世友将军亲自选址，隶属于国防工办，于1969年建成投产，主要生产高射机枪及其他军用产品。“文革”结束后，国际国内形势都发生了翻天覆地的变化。上世纪八十年代初，淮海机械厂开始生产民用产品，曾经名噪一时的小飞虎微型车，就是从这里出厂驰向全国的。1985年淮海机械厂停产搬迁，4000多名职工离开东西溪，返回城市。曾经繁华一时、被称为“小南京”的东西溪重归清寂，当年高标准、高质量建成的宽大厂房默默地守候在这片深山老岭里，凝固成一片无言的历史。

2016年11月，我们在好友曹君部长的指点、推荐下来到东西溪乡，来到这片曾经不一般的山岭间，回望历史，展望未来，放飞梦想。我对霍山县管辖的大别山的这片山山水水并不陌生，早在1980年，我还在大学读书，就曾一个人背着个小包，乘车、蹭车或步行，走过这里的山岭林溪。磨子潭、佛子岭、大化坪、青枫岭、胡家河、白马尖，当年都曾被我用一双脚丈量过，其间的许多感受、经历、见闻，都一直深刻在我脑海中，永不可抹去了。上世纪八十年代后期，又有一次参加大别山散文采风的活动，我穿着凉鞋的脚磨破了，也是靠霍山文友们的帮助才顺利返回。八年前的一个夏天，我去大别山小住，在小饭店吃饭时偶然听说有山民捉住两只山龟，想卖没人买，我当即请饭店老板打电话给那位山民，请他把两只山龟送来，这两只山龟至今在我家花园生活着，每年都产下数量众多的龟蛋，它们的后代现在已分散到城市的许多角落。东西溪与我也是暗合的，2016年秋，为了写一本书，我在大别山各地走动，由东西溪乡进入霍山县，开着车把霍山县山区各地跑了个遍。我曾在一天之内三次经过东西溪，不经意中，与东西溪已有无数感应与默契。我很喜欢这个地方！

正是以上的因缘，我们来到东西溪，看见那些结实、宽大而沉默的老厂房时，偶然已成必然，因缘已成结缘。我们与梁国金书记、曹君部长、朱静书记、谢明主任、金从华部长、吴南江台长、王飞乡长、陈伟书记、董静、张颖和伍凤麟，已经达成了共识：此地可以存武，更能蓄文，作家们与山水的无缝对接，谁都不知道会产生怎样的化学反应。

这就是我在中国·月亮湾作家村“枕溪山房”的由来，或前传。现在，也还是在深冬里，月亮湾作家村的设想正在紧锣密鼓地筹划和实施中。我和董静站在未来的枕溪山房与潺潺流过小镇的溪流之间的菜园旁，畅想着怎样在春暖花开的日子里种菜、植果、读书、晒太阳、文友时聚、烹茗打牌。我们既要做一个山里的菜农，也要做一个溪畔的钓夫；我们既要立足东西溪，也要放眼全世界；我们既要开门见山，也要出门缘水；我们既要对话老、孔，也要拥抱网红。

枕溪山房的春天，我来啦！

五

看看山看看湖看看书

用少数时间和别人说话，多数时间和自己对白

每天早上我都会在镜子里发现一个淮北佬。我发现这个人长得草率而不清秀，面近重枣，皮糙肉厚，肤色微黑，头发微白。这个人不讨女人欢心，这倒使他放松了。这个人刚学着见风使舵，让人觉得他还质朴。这个人用少数的时间和别人说话，多数的时间和自己对白，这就让他有了自我了。这个人根底上崇尚表里如一，因此对表里如二的情形相当不适应。这个人面相倒是善的，对无权无势的弱者、老人一定好上加好，却反倒忽略了对当势者的感情投入。这个人时常惊讶于一些“朋友”的反复无常，又心里明白各人的处境和性情。这个人自认为文人里他管理工作做得尚好，管理人员中他自认为麻将打得还凑合，麻友中他自认为书读得还算多，读书人中他自认为徒步旅行小胜他们，旅行者中他自认为对地缘政治的兴趣比他们浓厚，地缘政治专家中他自认为散文比他们要写得好点，因此这个人不专不攻，倒也无知者无畏，倒也自得其乐、乐在其中。

每天早上我都会在镜子里发现一个淮北佬。我发现这个人喜欢一个

人往野外乱跑，这个人跑到田野里就发现了自己的农耕血脉。这个人的情人、情妇都在野外：这个人喜欢打野食，喜欢在山水间放浪，喜欢在野草坡上打滚撒欢，喜欢待在湖边河畔和风姑娘说一下午悄悄话，喜欢躲在乡村小路拐弯处的一间小房子里和春小香长时间厮混在一起，喜欢芦苇紫芽出土时和蓼妹妹在湿地里摇曳漫步，喜欢吹着口哨和湖湾里的水姑娘打情骂俏。这个人的情人在春天的麦地里，在夏天的河湖里，在秋天的玉米地里，在冬天落满柿子叶的果林里。这个人对他野外的情人既专心又痴情。这个人熟知黄淮地区往年的常见树种桑枣槐榆，也熟知榆老成槐、槐老成柴，即榆树老了能达到槐树那样的好木料，而槐老即空，只能当柴火烧火煮饭了。这个人曾经在一个麦季里蹲守在小麦根部观察小麦全部的生长变化，曾经在一个夏季蹲守在一条古老的河流边观察土青蛙做窝捕食，曾经在一个春季和一个冬季看水边杨树哗啦哗啦长出叶子又落叶遍地。这个人约略知道冬小麦是从地中海沿岸传来的，玉米、红芋和土豆是由美洲引进的，而水稻大概是原产的，中国的南方人是从北方不请自来的，中国的北方人是从更北方不请自来的。

每天早上我都会在镜子里发现一个淮北佬。我发现这个人是个分裂体，是个矛盾体。这个人喜欢农耕，喜欢往野外跑，喜欢穿行在玉米地里，发现野兔子时喜欢撵上一阵子，但这个人又喜欢读学术专著，喜欢现代主义，喜欢前沿学术，喜欢后现代主义中学院派小说家的作品，接受了西方思想的尼日利亚剧作家、伊朗和越南电影导演的作品，喜欢英国作家哈代的长篇小说，美国农业及人类学家斯科特的弱者理论，台湾地区历史学家的中国历史专著，喜欢韩国有些古怪的电影，英国内容涉及全球的地理学专著，美国和意大利军事专家的海权论和空权论，喜欢中国的孙子和德国克劳塞维茨的战争论，俄罗斯或苏联忧郁的散文、散文诗和集体农庄时期的小说，法国布罗代尔的文明垂直发展理论，喜欢日本的一些地理、语言学著作，美国小说家博尔赫斯的长篇小说、艾巴·辛格的短篇小说，喜欢西方具有现代精神的学术面貌。

每天早上我都会在镜子里发现一个淮北佬。我发现这个人心境安泰，无惊无惧，像中国文化社会一样似乎具有一种超稳定的结构。这个人似乎外学儒者，内仿道家，内道外儒；又或表面道德，内里儒圣。做公家的事情他模仿孔子，与下大夫言时，他理直气壮、从容不迫；与上大夫言时，他和悦投入、气氛美好；接待客宾时，他快步前进、分寸有度，表示一种礼貌和尊敬；在朋友中时，他好像显得不会说话，在听众面前，他又滔滔不绝，掌控着场面；他让年长者先走，他向年岁小的朋友敬酒也一样真诚。做私家的事情他模仿老子，他明白向善若水、包容万端的规则，从不在思想上设井围栏、困囿一端；他晓得天地万物、人居其一的道理，从不作超越宇宙的臆想；他明白人有岁限、不可妄为，人却又思想不老、地不老天不荒的恒道！遇到小事他模仿西方，他法制观念强，赞同文明交通，认可理性做事，喜欢富裕和文明的社会；碰到大事他模仿中庸，他权衡利害，选取中佳，以中为用。

但这个人的软肋也十分显见。这个人不会说不，因此这个人智商低下，财商可疑，情商不及格，总体仿佛只能得个低分。

我们每个人的身体里都可能有一点孔子和老子

我的身体里有一点点老子和孔子。我的意思是说，在我一生的实践中，我有时候会有一点点孔子，就是行为举止按部就班，大的方面不逾距，大的方面能够顾全大局，大的方面能够体会政治的细微，大的方面能够家国一体，大的方面能够以人为本，大的方面能体会到社会的关切，大的方面能够明了是非，大的方面能够仁义礼忠信，大的方面能够勇于进取、能屈能伸；小的方面呢？小的方面我能注重慈爱、注重孝悌、注重恩威，小的方面我在他人的监管下基本能注意不暴饮暴食，基本能做到不吃过期食物，少吃烹调得不到位的菜肴，少吃切割得不方正美观的肉类，晚睡早起，基本能做到起码的社会礼节，冷静应对事务，温故知新，让老年人先走先行。

但我的人格在某种意义上又是分裂的，因为我的内心和行为除了有一点点孔子外，还常常有一点点老子，虽然我并不想让老子和孔子在2500年后对立，而他们的精神一直是互补的，只不过表现的形式有所不同罢了。我的身体里有时候会有一点点老子，有时候我会关注虚构而不关心现实，有时候我会注意务虚而不务实，有时候我会看重天地而不看重人类，有时候我会强调天地万物主义而不强调人类中心主义，有时候我会觉得人类渺小而宇宙无穷，有时候我想归隐山林而不是赖在人群中，有时候我会喜欢溪水而不喜欢人类，有时候我不想承担任何责任而只想烹茗敲棋，有时候我觉得人很虚伪而田园很实在，有时候我只想探究事物的内在而不想关心事物的外表，有时候我只想散漫不想理智，有时候我希望所有人都赤身裸体而不像现在都包裹得严丝合缝，有时候我想废除所有的政府让人类无为而治，有时候我只想做白日梦而不回到现实中来。

我的身体里有一点点老子和孔子。我的意思其实是说我们每个人的身体里都可能有一点点孔子，我们每个人都会在某种情况下行为举止按部就班，大的方面不逾距，大的方面能够顾全大局，大的方面能够体会政治的细微，大的方面能够家国一体，大的方面能够以人为本，大的方面能体会到社会的关切，大的方面能够明了是非，大的方面能够仁义礼忠信，大的方面能够勇于进取、能屈能伸；小的方面呢？小的方面能注重慈爱、注重孝悌、注重恩威，小的方面在他人的监管下基本能注意不暴饮暴食，基本能做到不吃过期食物，少吃烹调得不到位的菜肴，少吃切割得不方正美观的肉类，晚睡早起，基本能做到起码的社会礼节，冷静应对事务，温故知新，让老年人先走先行。

我们每个人的身体里也常常会有一点点老子。在某种情况下有时候我们会关注虚构而不关心现实，会注意务虚而不务实，会看重天地而不看重人类，会强调天地万物主义而不强调人类中心主义，会觉得人类渺小而宇宙无穷，想归隐山林而不是赖在人群中，会喜欢溪水而不喜欢人类，不想承担任何责任而只想煮茶打牌，觉得人很虚伪而田园很实在，只想探究事物的内在而不想关心事物的外表，只想散漫不想理智，希望所有人都赤身裸体而不像现在都包裹得严丝合缝，有时候想废除所有的政府让人类无为而治，有时候只想做白日梦而不回到现实中来。

其实我们每个人就是这个样子的。

书房亦有名

最早给自己的书房起名字，是上世纪九十年代。那时候住房小，建筑面积六十多平方米，没有单独的书房，于是就把厨房搬到阳台上去，把厨房改成书房。厨房改成的书房勉强放得下一张写字台，甚至还能勉强挤进去一张小沙发，写字台上方的墙上，贴着那时候流行的一张明星照，写小说写累了，抬头就能看到，也不知是否能起到一点儿激励作用。那时候刚过三十岁，精力充沛，读书，写小说、散文都努力，连续收获了一些文学奖，写起小说来，常常连天加夜，从上午写到下午，再从晚上写到凌晨。但玩心也特别重，和朋友们在一起打麻将，几天几夜不回家，困了，就在人家的沙发上眯一会儿，接着再战。麻友们都换了几拨了，我还在鏖战。常常十天半月见不到家人，我上午回家了，她们上班上学去了，我下午又出去了，她们晚上下班放学也见不到我。虽然不影响我的写作，但按照中国的传统观念，这叫玩物丧志，自己也知道这种生活方式不那么“健康”，于是给自己的书房起个名字叫“荒废园”，意思是告诫、提醒自己不要荒废了大好青春、大好时光。但其实不管什么用，该玩还是玩，该走还是走，当然，书也没少写，活也没少做，那时候就是那么一种畅快的生活的安排。于是，在这种特有生活的影响下，某夜写作兴奋时，突然灵感一闪，给这个小书房起了个别号，叫“四闲阁”。所谓“四闲”，就是有一个闲人（我自己），有两个闲钱，有几个闲友，有一些闲暇。本性里似乎是追求一种悠闲的人生、悠然的生活的。

后来，上世纪九十年代末，搬到一处当时算大的住房里，上下两层，把楼下的两间卧室打通，再加上一个大室内阳台，打了整整两面墙的大书橱，装修成一个大书房。书房的空间在当时算大的，我们大学同学毕业二十周年聚会，快结束时，我邀请尚未离开的同学到家里吃饭，几十位同学聚在一起，一点都不感到拥挤；女儿中学同学到家里来玩，临走时对她说，你家这哪是书房，就像个大舞厅，那时候人们认为舞厅是大的。我当时的想法，是有了这个大房子和大书房，就一劳永逸啦！以后再也不用考虑住房和书房的事情了，就在这个书房里努力工作，一切就都OK了！后来才知道不是这么回事，人类的事情，没有什么一劳永逸，人类的事情，永远都是这山望着那山高、这水望着那水好的。前些日子读一篇文章说，当气候不适合人类生存时，人类会为食品而争斗；但当气候适合人类生存时，人类又会因贪婪而争斗，没完没了。住房呀、书房呀、金钱呀、权力呀，大概也摆脱不了人类的这一本性，没有最好，只有更好，没有最多，只有更多，没有最大，只有更大，因为这是人类所谓的进取心在驱动，只不过这种驱动把我们人类自认为的好的和坏的品质都一股脑儿地驱动了。但我也相信，人类的本性还包括同情心、善良心、友爱心、责任心、帮助心和事业心，在我们追求更大的住房、书房、更多的物质和权力的同时，我们也在追求更美好的生活，我们也是在追求更多的同情心、善良心、友爱心、责任心、帮助心和事业心。因为我和太太都是淮北人，所以我给这个书房起了个名字，叫“淮北佬斋”。这是一种地域特色的书斋名，也是我们的一种地域文化记忆和文化认同，是期冀能够不忘和传承黄淮平原那种大气、宽广、坚毅、深邃、勇气和担当等等特征和秉性。四闲阁也照搬过来，但逐渐也有改变，改为五闲阁了。所谓“五闲”，就是有两个闲人（我和太太），几个闲钱，几个闲友，有一些闲暇，若干闲趣。本性里还是要追求一种悠闲的人生、悠然的生活。这似乎与黄淮平原的淮北佬那种大气、宽广、坚毅、深邃、勇气和担当等等特征和秉性相互矛盾，但人或就是个协调的矛盾体，并非一必是一二必是二，而是当一即一当二即二。能够协调好这些看似不协调的品性，大约也是很有成就感的事情。

接着，为了改变一成不变的生活环境，也为了配合女儿的读书，我们在北京西二环旁觅得一间小屋，我给它起了个书房名，叫“肆零书屋”。这个书斋名的由来是，它在北纬40度左右，它所在地区海拔大约四十米；另外，小屋很小，只有一间卧室、一个阳台、一间厨房、一个卫生间，但没有客厅，四加零；还有一个理由比较牵强，就是它离天安门广场不远，而天安门广场面积大约四十四万平方米。

那两年我常住在肆零书屋，读书、写作，还把它当成据点，把华北平原、燕山南北跑了个遍，极大地满足了我这个地理痴对地理、历史、民俗、民族、语言、文化实地观察的欲望。青海、西藏、新疆、甘肃、宁夏，我上大学起就陆续跑过，现在在华北平原的游走，对我而言是渴望已久的补缺。断断续续在北京的两年里，自觉有极大的收获。一种大收获是跑了那么多地方，对华北平原的饮食、方言、石油、黄河、运河、气候、枣树、沙土地、建筑、小麦等等有了许多不到则无感的感性认识。另一种大收获就是读书的收获，许多好的读书习惯也是在那时形成的。当时床头、书桌和沙发上都放着书，早晨醒后一睁眼就会看书，看完一章书再起床做事。如果没有其他安排，上午和下午都会读书、做笔记，晚上睡觉前也是在读书中度过的。读书读得入迷时常跳起来在屋里来回走动，常不知不觉边走边重复书中的精彩内容，常不知不觉用自己的理解和语言去说出书中的思想和内容，常激动得再也坐不住，穿上衣服出门到二环边或南礼士路走一圈回来接着再读。

读书像做别的事一样上瘾和不上瘾。打麻将打起来上瘾，但一段时间不打就不想再打了；写小说写起来上瘾，但一段时间不写就不再想写了；炒股票上瘾天天到大厅去或盯着电视电脑，但一段时间不炒就不想去炒了；和朋友聊天聊起来上瘾，但一段时间不聊就不再想聊了；和太太卿卿我我上瘾，但一段时间不再卿卿我我就不再想卿卿我我了；看盗版电影上瘾，但一段时间不看就觉得看电影也没什么意思；到各地旅行无限上瘾，但一段时间不再旅行也就那么回事了；买房子投资上瘾有点钱就想买房子，但一段时间不想它也就忘到脑后去了。读书也是这样，一段时间不读并不觉得损失什么，也不太想去读了。但读书上了瘾，就会觉得读书有太多太多的好处：一种好处是自静，这对养性自然有莫大裨益。一个人太燥了，不但会影响自己的身心健康，还会给家人和周边带来安全隐患；另一种好处是自信，读书是汲取前人智慧的事情，古今中外所有人的显性智慧大都汇聚在文本里，没有比读书更好的汲取智慧的捷径了；另外，书读多了以后，就明白了许多事情和道理，别人跟你谈话，你大多也能接得上，不至于目瞪口呆，你就有自信了；第三种好处是自控，书读多了，知道了太多的高人、高手、高招，理性增加，知道人外有人、山外有山、天外有天，不会做太多出格和逾矩的事；第四种好处是自燃，书读多了，智慧汲取多了，如果不过于书呆子气，当然也就在某种程度上知己知彼、知天知地、知可为与不可为、知所进退、知享受与奋斗、知努力与收获、知人事与天命了，就可以把人生有限的资源转化成最大化的获得，当然这基本不是指物质的获得，物质获得是重要的，但大致有限度即可，精神和智慧的获得是无限度的，活到老学到老、活到老用到老、活到老追求到老、活到老突破到老、活到老创新创造到老才最好！

多年前我们在巢湖北岸有了一套小房子，居高临下，从窗户里和阳台上都能看到数百米外浩渺的巢湖，双休日、节假日、闲暇时我们就去那里住一住。在附近爬爬低山、蹚蹚草地，傍晚到湖边的小码头上买点刚打捞上来的活鱼活虾，或开车到巢湖南岸的银屏山里挑一些有个性的石头来展示在阳台上。那时候我正在重读老子的《道德经》，对老子和《道德经》无比崇敬，以为老子的哲学思想深合吾意。还自作主张，擅自改造了据说是北宋赵普的“半部《论语》治天下”这句话，改为“一部《论语》治天下，半部《老子》修人生”，并且把这句话拿到全国台联在人民大会堂举办的两岸大型文化交流大会上去说。其实就是认为老子的道家思想比孔子的儒家思想要高出一个层级，即只有经过孔子的儒家阶段，才能到达老子的道家思想阶段；只有经过务实的层面，然后才能到达务虚的层面；或只有经历体验过接地气的社会生活和权力追求，才能到达看似不接地气但必须是在接过地气的基础之上的一个更高级的“仙境”。我是决意要写写关于《道德经》的感悟的！我又是特别近山亲水的，面前又有这么大一瓢水（大跃进民歌：端起巢湖当水瓢，哪方干旱哪方浇）！于是就给这个书房起名为“善水轩”，意思是要像老子描述的水那样有那么多的好品质：包容万端、随遇而安、遇物随形、不折不挠、滴水穿石、善利万物等等，同时还要向水中之水学习、看齐。果然我是亲水和适水的，后来我在善水轩写《涡河边的老子》，只要一在书桌边坐下来，就有抑制不住的书写欲望。后来我又在善水轩写《泗水边的孔子》《淮河读本》的部分篇章，感觉还是一样，只要在桌边坐下来，写作的欲望就控制不住地到来了。再后来我又在善水轩写《人人都爱在水边》《子在川上悦》《春在溪头荠菜花》，那种抑制不住的书写冲动总是不请自来、如漆似胶、如恩如爱、如影随形。我感觉到了这种奇特的现象，却不知道如何会有这种现象，难道这就是孔子说的天道、天命或“命矣夫”？后来有一年春天，我应邀到巢湖市做一个文学讲座，讲座结束后和市里的宣传部常务副部长等在一起吃饭，席间谈到新石器时代

许氏先祖许由和巢湖有巢氏部落的首领关系非常好，两个部落多有往来，许由也来巢湖有巢氏部落做过客，巢湖市当地还留下很多许由的传说，我听后似乎恍然大悟，这或是一种先人感应吧？哈，若真能借借老祖宗的灵光，那倒是一件求之不得的好事呢！只能说，许家人和巢湖，是有缘在先的。

今年，我们或又有两处新书房可用。一处是我们的新家，那里的书房大概还会沿用“淮北佬斋”和“五闲阁”的命名，这有一种延续，表示我们对一种地域文化或生活方式的认同、认可。另一处是大别山霍山县东西溪乡中国月亮湾作家村里的“枕溪山房”。枕溪山房背山面水，视野开阔，气韵绝佳。我们一直谋划着在房里读书，在房外种菜，在房里聚友，在房外煮茶，在房里写新书，在房外晒太阳。但我们从未打算把枕溪山房当成我们独有的书房，因为它只属于大别山，属于东西溪，属于我们的朋友，属于那里的一山一水、一草一木。但它将是我们心灵能够驻留的一个温暖的港湾。

装模作样地看看山看看湖看看书

春靠一座山。

这座山是一座书山。背靠书山，面朝湖水，身上是春阳，身下是野花草地，捧书而不读，或似读非读，也自成化境。

孔子说“知者乐水，仁者乐山”。他是说“知者动，仁者静”。他也是说“知者乐，仁者寿”。其实他的意思是说智慧者喜爱水的品性，喜爱水那样的流动不已并因此快乐舒服；而仁德者喜爱山的品性，喜爱山那样的稳妥沉厚并因此快乐舒服。还是说智慧者和仁德者既都喜爱水的品性、喜爱水那样的流动不已并因此快乐舒服；也都喜爱山的品性、喜爱山那样的稳妥沉厚并因此快乐舒服。

所以山水都是智者和仁者的最爱。

除山水外我还最爱春光明媚之际在野外的野草地上靠山面湖，装模作样地看书看山看湖。装模作样也是一种境界，也是一种悠然，更已成为智者仁者的标配。说不定装着装着就弄假成真弄劣成优弄寡成厚了呢？

该作就去作，该装就去装吧！

至少野外的空气是最佳的，野草地上的心绪是最媚的。

河的流：春水边的问答

和太太走在初春的河边。初春春雨，昨天上午的一场春雨，就使河水上涨了。站在河边能明显地看到河的流，看到河的流匆匆而下。这使我想起在泰国湄南河上乘船而下的情形：接近河口的湄南河，没有波浪，只有滚滚而下的河的流，似翻卷又不是翻卷，似翻腾又不是翻腾，似沸腾又不是沸腾。总之就是没有波浪的那种翻滚的河的流，滚滚而下，直奔大海。现在我们脚边的这条河，初春的河，虽然不如湄南河宽大，但河的流是相类的，河水里没有波浪，只有翻滚而下的河的流。我以前总找不到恰当的词汇来表述我对湄南河的观感，现在在这条初春雨水后的河边，突然就找到了：这种状态是没有波浪只有河的流的状态呀！

昨天春雨，而今天河边的小路早已干了，脚走在上面，像往常一样的脚感好。我们从上游往河流入湖的河口方向走。起初我们走得英姿勃发，走得健步如飞；后来我们走得和缓了一些，边走边环顾周围的景色；再后来我们走得愈加悠闲了。我一边走，一边观看河流的情况，突然想起了湄南河的河流，接着又想起了关于水的种种传言，不由得自言自语说："怪不得老子、孔子、庄子那些大人物都喜欢水呢！"

太太听见了，问我："这话怎么讲？"

我说："怎么讲？他们喜欢水是有道理的呀！"

太太说："有什么道理？"

我说："你看，水有包容性，不管什么东西进入水里，水都能包容。鲜花、牛粪，它都一样对待。鱼它能养得活，植物它能让它们开花，垃圾它能分解、沉淀它们，古代的城堡它能保持它们的原貌，潜艇躲在水里，水能够隐藏它，潜艇沉没了水也会埋葬它。再多的东西堆在水里，水还是水，河还是河，湖还是湖，海还是海，而河永远不会是垃圾，湖永远不会是牛粪，海永远不会是潜艇。"

太太说："你这都是从好的方面说的。那好吧，我问你，水还有什么特长？"

我眉飞色舞地说："水还有可塑性。水不会一成不变，不会顽固不化，水会随遇而安，随遇而形，随遇而动，随遇而变。水遇热成气，遇冷成冰。水在河道里就是河流的样子，水在湖泊里就是湖泊的样子，水在大海里就是大海的样子，水在碗盏里就是碗盏的样子。遇到啃不动的高山水就绕过去，碰到最小的缝隙它都能钻过去。水机灵万分。"

太太说："那水就没有坚韧性？"

我说："是的，水还有坚韧性。水遇到大山它会绕过去，但如果绕不过去它就会啃下去，直到把大山啃得石破山穿。碰到岩石它会绕过去，但如果绕不过去它就会坚忍不拔地啃下去，直到把岩石啃得千疮百孔，石烂水出。水来到盆地出不去，它就会耐心地待下去，直到水满湖溢、从缺口飞流直下的那一天。水想到高原去、想到高山去，但是去不了，它就想方设法变成雨水、变成大雪，随风千里万里，降落在高原上，降落在高山上。”

太太说：“都由你讲。”

我喘一口气往下说：“水还有自愈性，人往河湖里扔垃圾，水会慢慢而耐心地进行分解，河湖最终仍会回到最初的理想化状态。人把河里的水抽干，一场大雨河流又恢复了原貌。水又有自走性，不须谁来驱动，它自己就会走，永不止息地往下走，一直走到它自己的家园，比如湖泊、大海，它才停下来，享受着团结就是力量、扎堆就是成功的悠然。”

太太似乎在提醒我：“老子不是说过，水善于成就他人？”

我说：“是的，是的，水最善于成就他人，老子说水善利万物而不争，可见老子也曾经在水边进行过详细的田野考察。前面咱们说过，水能养鱼，水能养花，水还能供人吃喝，水能浮船，水能锻炼人的体魄，水能滋润万物，水还能筑墙、筑屋，水还能变成高压水枪冲刷一切污泥烂垢，水能变成雪供人赏雪景，让大家开心得不得了，水还能变成冰供人们滑冰嬉戏强身健骨，水能泡成茶供恋爱男女品茗夜话成就佳缘，水还能配成酒，催情助兴但又不会一口喝醉。”

太太说：“水该流的时候流，该静的时候静。”

我说：“一点都不错，水的分寸掌握得极好，该动的时候它动如脱兔，一泻千里；该静的时候静，静如处子，静如春雨落下之前的春水。水又是博大精深的，人类现在还不能尽知水的秘密、海的蕴藏，还不能掌控江河湖海于万一。水还是源源不断的，我们都知道地球上的水似乎是有个总量的，但地球上的水又显得无限多，水总是去了来，来了去，源源不断，永无止境。但水也是有脾气的，如若有人执拗地要违背、改变它的自身规律，它报复起来也是够人喝一壶的。

和太太谈着、论着，不知不觉地，我们就走到了河流入湖的河口。

这里被当地人称为溜子口，意思是这里的河溜子，也就是流，比河流的其他段落更大、更深、更急。

站在溜子口上，只见河湖一色，水天一色，天人一色。河湖也不分了，水天也不分了，天人也不分了。这时我似乎更知道老子、孔子、庄子他们为什么都喜欢水了。因为在内蕴浩然的大水面前，人能够藏拙，懂得尊敬，知道服气，能够平心静气，能够知道从心而欲但不逾矩的道理。

和自己的淮河单独在一起

我出生、成长并曾经工作在淮河流域，对皖北、苏北、鲁南、豫东地区的地理和文化比较熟悉，也一直关注着淮河流域的历史、文化和文学。我的小说和散文大都以这一地区为地理和文化背景，我的中短篇小说《碑》《焚烧的春天》《幸福的王仁》《夏天的公事》，长篇小说《王》《那时候》，散文集《和地球上的小麦单独在一起》《和自己的淮河单独在一起》等，都与淮河流域的民族记忆、地域文化紧密联系在一起。在经过多年准备后，我正在创作一套以散文随笔为主要文体的“淮河读本”，努力要写出我个人心目中淮河地区的民族记忆、个人记忆和历史文化。这套书的第一本《涡河边的老子》已经由江苏人民出版社于2015年9月出版。

地理上的淮河流域包括现今河南省、湖北省、安徽省、江苏省、山东省的各一部分，历史上这一区域大致上也是政治经济文化较早发达的地区。例如道家思想的创立者老子和庄子，是淮河支流涡河流域人；儒家思想的创立者孔子和孟子，是淮河支流泗河流域人；管仲是淮河支流颍河流域人，墨子是淮河支流泗河流域人或沙河流域人。以上这些思想家的思想既源于此流域，也在此后两千多年持续影响着当地人的生活和观念。

虽然儒家和道家思想的影响力已经不仅仅局限在淮河流域，但由于儒家和道家思想源于这一地区，这一地区会最早也最强烈地形成共同认知，这种有特色的文化记忆会显得更突出。以下是上述思想及思想生成的相关环境、条件和特色。

地理方面，淮河流域绝大部分以纯平原和少量微丘低山地貌为主，而且河流密布、湖泊成群，这样的地理环境，最适合人群的沟通和交流，最适合物资的运输，最适合农耕文明的萌生，最适合农业经济的发展，也最容易达成价值的共识。

农耕方面，由于此地大多为纯平原区，因此农业生产起步早，农业文明发展快。这一地区粮食作物相同，主要粮食作物在明清前以小麦、大豆为主，明清后增加了玉米、土豆、山芋等品种。小麦最适宜的生长区域为北纬35度附近，黄淮地区正是中国大陆地区小麦的主产区。

饮食方面，在地理、气候、农耕特征相同的情况下，饮食结构和方式也大致相同。比如吃的都是面食，都做成馒头；都有做成类似煎饼的面食；都喜食牛羊肉，牛羊肉做法基本相同；都喜食生蒜、大葱、青萝卜和红萝卜；都喜加入面制品、动物汤汁、花生、盐等食物和佐料的汤类；而历史上上述这些饮食过了淮河以南，就很快都消失了。

语言方面，这一地区整体上一直是北方方言区，也是最接近传统官话区、国语区和普通话的区域之一。当然，在这一范围内，各地也有各地的口音，有自己的方言特征，但在语音、词汇、语法等方面，基本一致，不仅相互听得懂，语言习惯也十分接近。

历史方面，这一地区自秦朝以来基本上长期处于同一个政治共同体之中，北方少数民族建立的政权也常常与南方政权“隔淮而踞”，使淮南的江淮成为两个政权间的“边荒地带”，因此并未对淮河流域的文化整体性产生不可逆转的割裂。

价值判断体系方面，由于生产方式和生活方式相同，因而在此基础上提炼出来的思想价值观念，例如儒家的社会管理规范和道家的道德修为规范，成为这一地区人们价值判断的普遍认同、普遍标准，成为这一地区的“普世标准”，或“普世价值”。

当然，随着时代的发展，全球交流的频繁和密切，这一地区的传统思想，也需要其他类型思想文化资源、跨学科思想资源、外来思想资源的激活。例如青藏地区游牧文化对我们文学写作的丰富，人类学对文学写作的影响，西方现代主义对文学写作的介入等等。我的淮河文化系列散文随笔写作，就是在上述想法的引导之下，努力进行的。虽然我知道这对我来说是力所不逮的，但我想开了个头就总是好的。期待各位朋友多多给我指教。谢谢大家！